BATALHA FINAL NA COSTA OCEÂNICA

Obras do autor lançadas pela Galera Record:

Série Minecraft
A invasão do mundo da superfície
Batalha pelo Nether
Enfrentando o dragão

Série O mistério de Herobrine
Problemas na Vila Zumbi – Livro 1
O oráculo do templo da selva – Livro 2
Batalha final na costa oceânica – Livro 3

MARK CHEVERTON

BATALHA FINAL NA COSTA OCEÂNICA

O MISTÉRIO DE HEROBRINE – VOLUME III

UMA AVENTURA NÃO OFICIAL DE MINECRAFT

Tradução
Ana Carolina Mesquita

1ª edição

GALERA
—*junior*—
RIO DE JANEIRO
2017

CIP-BRASIL. CATALOGAÇÃO NA PUBLICAÇÃO
SINDICATO NACIONAL DOS EDITORES DE LIVROS, RJ

C452b Cheverton, Mark
Batalha final na costa oceânica / Mark Cheverton; tradução de Ana Carolina Mesquita. – 1. ed. – Rio de Janeiro: Galera Record, 2017.
(O mistério de Herobrine; 3)

Tradução de: Last stand on the ocean shore
ISBN: 978-85-01-10935-4

1. Ficção juvenil americana. I. Mesquita, Ana Carolina. II. Título III. Série.

17-40540

CDD: 813
CDU: 821.111(73)-3

Título original:
Last Stand on the Ocean Shore

Copyright © 2015 by Mark Cheverton

Minecraft® é marca registrada de Notch Development AB

The Minecraft game: Copyright © Mojang AB

Esta obra não foi autorizada ou patrocinada por Mojang AB, Notch Development AB ou Scholastic Inc., nem por qualquer pessoa ou entidade que possua ou controle os direitos do nome, da marca ou de copyrights de Minecraft.

Todos os direitos reservados.
Proibida a reprodução, no todo ou em parte, através de quaisquer meios.
Os direitos morais do autor foram assegurados.

Texto revisado segundo o novo Acordo Ortográfico da Língua Portuguesa.

Composição de miolo: Abreu's System
Adaptação de capa original: Renata Vidal

Direitos exclusivos de publicação em língua portuguesa
somente para o Brasil adquiridos pela
EDITORA RECORD LTDA.
Rua Argentina, 171 – Rio de Janeiro, RJ – 20921-380 – Tel.: (21) 2585-2000,
que se reserva a propriedade literária desta tradução.

Impresso no Brasil

ISBN 978-85-01-10935-4

Seja um leitor preferencial Record.
Cadastre-se e receba informações sobre nossos
lançamentos e nossas promoções.

Atendimento e venda direta ao leitor:
mdireto@record.com.br ou (21) 2585-2002.

AGRADECIMENTOS

Gostaria de agradecer à minha família e aos meus amigos, que tanto têm me apoiado ao longo dessa jornada pelo mundo de Minecraft. Agradeço especialmente aos meus sobrinhos e sobrinhas, Breanna, Samantha, Lacy, Brennan, Cheyenne, Devin, Grant, Kyle, Kim, Jared, Austin, Courtney e Danielle, pelo apoio e pela empolgação. Quero dedicar também um agradecimento especial aos "subordinados" da minha esposa. Valeu, gente!

O QUE É?

Minecraft é um jogo incrivelmente criativo, que pode ser jogado on-line com pessoas do mundo todo, em um grupo de amigos ou sozinho. É um game do tipo "sandbox", que dá ao usuário a habilidade de construir estruturas incríveis usando cubos de vários materiais: pedra, terra, areia, arenito... As leis normais da física não se aplicam, pois é possível criar estruturas que desafiem a gravidade ou dispensem suportes visíveis. Em seguida, vemos parte da Tardis que Gameknight criou no próprio servidor.

Crianças e adultos abraçaram o potencial criativo de *Minecraft* ao criar estruturas fabulosas no universo dos blocos. Um tópico popular ultimamente tem sido a construção de réplicas de cidades inteiras. Jogadores já criaram cópias de Londres, de Manhattan, de Estocolmo e de toda a Dinamarca. Além disso, fanáticos por *Minecraft* construíram cidades imaginárias de seus programas de TV favoritos, como Porto Real e Winterfell, de *Guerra dos Tronos*, e as Minas Tirith, de *O Senhor dos Anéis*. A mais incrível de todas as cidades, entretanto, é provavelmente Titan City: uma obra feita por um usuário, construída com 4,5 milhões de blocos... Uau!

Além de cidades, jogadores produziram diversas estruturas famosas. O Taj Mahal é um dos meus favoritos, mas também gosto da Catedral de Notre Dame e do Empire State Building. Para os fãs de *Jornada nas Estrelas*, há uma réplica da *USS Enterprise* (não a original L), além da *Millennium Falcon* e a Estrela da Morte do meu filme favorito. De fato, o vídeo em time-lapse da construção da Estrela da Morte é verdadeiramente inacreditável. Vários pedidos de casamento foram criados dentro de *Minecraft*. Não sei quantos foram bem-sucedidos, mas muitos dos vídeos foram vistos centenas de milhares de vezes. Ou seja, espero que as moças tenham dito sim, ou pode ter sido doloroso. Afinal de contas, o que acontece na internet fica lá — como dizem em *Se Brincar o Bicho Morde* — "PARA... SEM... PRE!"

O aspecto criativo do jogo é notável, mas meu modo favorito é o Sobrevivência. Lá, os usuários são jogados num mundo de blocos, levando nada além das roupas do corpo. Sabendo que a noite se aproxima rapidamente, eles precisam coletar matérias-primas: lenha, pedra, ferro etc., a fim de produzir ferramentas e armas para se proteger quando os monstros aparecerem. A noite é a hora dos monstros.

Para encontrar matérias-primas, o jogador precisa criar minas, escavando as profundezas de *Minecraft* na esperança de encontrar carvão e ferro, ambos necessários para se produzirem armas e armaduras de metal essenciais à sobrevivência. À medida que escavam, os usuários encontrarão cavernas, câmaras cheias de lava e, possivelmente, uma rara mina ou masmorra abandonada, onde tesouros aguardam sua descoberta. O problema é que os corredores e as câmaras são patrulhados por monstros (zumbis, esqueletos e aranhas) que aguardam para atacar os desavisados. Com as recentes adições ao jogo (coelhos são meus favoritos), muitas novidades estão disponíveis. Novos tipos de blocos ajudam a criar texturas mais luxuosas e detalhadas no mundo digital, por exemplo. De interesse especial, porém, são o Monumento Oceânico e os Guardiões. Só os guerreiros mais poderosos tentarão derrotar o Guardião Antigo no modo Sobrevivência sem trapacear. Não sei se eu conseguiria, mas Gameknight999 com certeza, sim. Outra adição interessante à versão 1.8 foi a declaração no fim da lista da tela de login: Herobrine foi removido. Será que foi mesmo???

Mesmo que o mundo seja repleto de monstros, o jogador não está sozinho. Existem vastos servidores dos quais centenas de usuários jogam, todos compartilhando espaço e recursos com outras criaturas em *Minecraft*. Habitadas por NPCs (*Non-Player Characters*, ou personagens não jogáveis), aldeias se espalham pela superfície do mundo. Os aldeões perambulam de um lado para o outro, fazendo seja lá o que os aldeões fazem, com baús de tesouro — às vezes, fantásticos, às vezes, insignificantes — escondidos em suas casas. Ao falar com esses NPCs, é possível negociar itens para obter gemas raras ou matérias-primas para poções, assim como obter um arco ou uma espada ocasionalmente.

Esse jogo é uma plataforma incrível para indivíduos criativos que amam construir e arquitetar, mas que não se limitam à mera criação de prédios. Com um material chamado "redstone", é possível produzir circuitos elétricos e usá-los para ativar pistões e outros dispositivos essenciais para a criação de máquinas complexas. Pessoas já inventaram tocadores de música, computadores de 8-bits completamente operacionais e minigames sofisticados (*Cake Defense* é o meu favorito) dentro de *Minecraft*, tudo usando redstone.

Com a introdução de blocos de comando na versão 1.4.2 e a recente inclusão de funções de *script* mais avançadas, como teleporte, programadores podem inventar muitos novos minigames, sendo *Missile Wars* um dos que mais gosto.

A beleza e a genialidade de *Minecraft* estão no fato de não ser apenas um jogo, mas um sistema operacional que permite aos usuários criar seus próprios games e se expressar de maneiras que não eram possíveis antes. A plataforma empoderou crianças de todas as idades e gêneros com as ferramentas necessárias para criar games, mapas e arenas de PvP (*Player* versus *Player*, jogador contra jogador). *Minecraft* é um jogo empolgante cheio de criatividade, batalhas de arrepiar e criaturas aterrorizantes. É uma tela de pintura em branco com possibilidades ilimitadas.

O que você é capaz de criar?

"Eu vi um anjo no mármore e esculpi até libertá-lo."

— Michelangelo

CAPÍTULO I
A ORÁCULO

s creepers sarapintados fluíam da floresta como uma enchente verde e raivosa. Um único pensamento em seus pequenos cérebros ecoava repetidamente: *explodir... explodir... explodir.*

Herobrine, de pé no alto do penhasco do qual se via o Templo da Selva, assistiu às criaturas dele saírem do meio das árvores e atravessarem a clareira. Sulcos enormes na paisagem indicavam onde o TNT tinha explodido; os blocos vermelhos e brancos haviam sido detonados pelos aldeões desesperados para se defenderem da rainha das aranhas e seu cruel exército de monstros de oito patas. Camadas recentes de grama começavam a cobrir o solo com uma faixa verde fresca e aveludada, apagando as manchas marrons que tornavam o terreno em volta do templo parecido com a superfície da lua, cheia de crateras.

Os NPCs e o arqui-inimigo de Herobrine, Gameknight999, haviam ido embora. O plano fora lançar-se sobre os aldeões logo depois de as aranhas terminarem o ataque inicial, esmagando-os com seu exército de creepers e zumbis... Porém, de alguma forma, eles tinham conseguido escapar mais uma vez.

Herobrine fervilhava de raiva e fúria. Seus olhos cintilavam, mas o brilho enfraquecia conforme ele recuperava o controle.

— Cansei de subestimar você, Usuário-que-não-é--um-usuário — resmungou para si mesmo. — Nosso próximo encontro será o último!

Em pé, com os braços esticados, Herobrine gritou para as criaturas pretas e verdes:

— Venham, meus filhos, e deem um abraço amoroso nessa estrutura de pedra!

O enorme grupo de monstros se aproximou do templo. Um creeper solitário saiu correndo ao longo da lateral de pedra da estrutura, os pezinhos se movendo como um borrão. Parou ao lado da parede e começou a chiar e brilhar; seu corpo inchava com intenção explosiva. Em um instante, ele...

BUM!

A criatura explodiu contra a parede de paralelepípedos coberta de musgo. O impacto deveria ter sido suficiente para destruí-la, mas, estranhamente, mal arranhou a lateral de pedra. Outro creeper tomou a dianteira e obedeceu ao comando de Herobrine, sacrificando a própria vida... E causou uma nova explosão, que mal danificou a parede.

Herobrine grunhiu. Podia sentir a velha megera rindo dele lá embaixo, em sua câmara subterrânea.

— Então, Oráculo, você está usando sua magia para proteger o lugar — disse. — Bem, vejamos o que vai fazer contra isso.

Levantando as mãos para o céu, com os dedos curvados e estendidos como garras de dragão, Herobrine reuniu seus poderes de artífice e os projetou nas nuvens escuras que pairavam acima de sua cabeça. Um ronco agradável ecoou na paisagem, seguido de outro e mais outro, até que...

CRAC!

Um raio riscou o céu e atingiu o chão, acertando um dos creepers. Instantaneamente, uma descarga azul e cintilante de eletricidade cercou a criatura explosiva, dando-lhe uma aparência quase mágica, enquanto faíscas dançavam por toda aquela pele esverdeada. Outro raio golpeou as criaturas, uma após a outra, criando mais monstros energizados: a eletricidade ampliava o potencial destrutivo.

Três dos creepers superenergizados se moveram silenciosamente em direção à construção, o zunido dos seus fusíveis internos enchendo o ar. Dessa vez, com o impulso elétrico do relâmpago ampliando suas forças, as explosões horrendas rasgaram a lateral da construção. Choveram paralelepípedos no local, os blocos batendo nas cabeças dos monstros mais próximos.

— Excelente! — gritou Herobrine. — Vocês aí parados... *ATAQUEM! NÃO DEIXEM NADA DE PÉ!*

Uma onda de creepers carregados de eletricidade avançou, cada um explodindo e levando consigo outro pedaço do Templo da Selva. Lentamente, um creeper de cada vez, o andar superior desapareceu. Os monstros de manchas verdes irrompiam com fúria odiosa e iam subindo por toda a estrutura, procurando qualquer pedaço do edifício que pudessem destruir, satisfazendo seu propósito de vida com um violento ponto de exclamação.

Assim que a superfície do templo foi destroçada, os creepers eletrizados rumaram para as passagens subterrâneas e explodiram tudo, até que não restasse mais nem um único paralelepípedo. Em questão de minutos, qualquer indício da existência do Templo da Selva tinha sido completamente apagado do Mundo da Superfície.

Após se teleportar para a cratera agora fumegante, Herobrine olhou para o buraco. Um grande lago de lava se situava à esquerda; uma das armadilhas da velha. À direita, porém, ele avistou um conjunto de escadas que mergulhava nas profundezas de Minecraft.

— Eu sei que você está aí embaixo, velha, e vou pegar você.

Levando os dedos à boca, Herobrine assobiou. O som agudo cortou o ar como uma lâmina perfurando a carne, fazendo todos os creepers se encolherem. Em um instante, gemidos e rugidos encheram o ar conforme um enorme exército de zumbis saía das árvores e se aproximava da cratera recém-formada. Herobrine sabia o que aguardava lá embaixo, no final daquela escada: mandíbulas e presas prontas para dilacerar carne. Ele não queria aquele destino. Em vez disso, sacrificaria a vida dos zumbis até o caminho se mostrar seguro para que ele o atravessasse.

— Entrem no túnel e eliminem qualquer ameaça — ordenou para a multidão de zumbis. — Mas deixem a velha... Ela é minha.

Os zumbis grunhiram para demonstrar que haviam entendido e, em seguida, entraram na cratera, dando a volta pelo lago de lava e descendo a escada escura. No mesmo instante, Herobrine ouviu rugidos e latidos de lobos, provavelmente uma centena. Imaginou aquelas mandíbulas ágeis dilacerando os zumbis desvairadamente; apesar disso, porém, seus monstros continuaram descendo a escada com toda a obediência, movidos pelas ordens de Herobrine e pelo temor que sentiam do líder. Ondas sucessivas de criaturas verdes em decomposição eram enviadas para o interior da passagem. Lamentos e latidos ecoavam junto à câmara subterrânea. Lentamente, contudo, os grunhidos dos zumbis iam se destacando em meio à cacofonia, à medida que os latidos diminuíam... um lobo morria para cada dois ou três zumbis.

Até que o último grito de dor do último lobo ecoou no subsolo, fazendo com que fossem ouvidos apenas os tristes gemidos dos mortos-vivos. Agora era seguro. Afastando as criaturas verdes, Herobrine desceu as escadas com passos largos como um herói conquistador, embora tudo o que tivesse feito até então fosse sacrificar cruelmente a vida dos outros para atingir seus propósitos egoístas.

Abrindo caminho pela escada, Herobrine enxotou os zumbis até enfim chegar ao final dos degraus. A passagem levava a uma câmara ricamente decorada, com blocos de lápis-lazúli, esmeralda e ouro colocados com capricho sobre o chão. Altas colunas de paralelepípedos se estendiam até o teto, sustentando a cobertura de pedra e terra. As paredes eram circundadas por tochas posicionadas a intervalos de quatro ou cinco blocos de distância. Suas chamas lançavam círculos de luz que enchiam a câmara com um brilho dourado. A cena toda poderia ser descrita como linda por qualquer um, exceto Herobrine.

— Então, finalmente você chegou — disse uma voz áspera vinda do outro lado da câmara.

Herobrine desceu o degrau e pisou no chão da câmara. Olhando em torno, viu pilhas e pilhas de carne de zumbi e várias esferas brilhantes de XP pairando em meio à carnificina. Fazendo um caminho sinuoso, ele tomava cuidado para passar longe dos XP, pois não desejava se transformar em lobo ou zumbi. Enquanto atravessava a câmara, podia ouvir o estalido da bengala da velha no chão. Ela estava vindo na direção dele... perfeito.

— Você tem causado muitos problemas, Vírus — disse ela. — Precisava matar todos os meus lobos?

— Eu vou destruir tudo o que você ama, só por maldade — respondeu Herobrine.

— Mas você matou muitos dos seus zumbis, também — pontuou a Oráculo. — Não respeita ser vivo nenhum?

— Esses zumbis são meus, eu os comando e os sacrifico sempre que for preciso. Eles ficaram felizes em dar a vida por mim.

— Não pareciam muito felizes — rebateu.

— Você não tem visão, velha, e não consegue enxergar o que é realmente importante. Algumas centenas de zumbis sacrificados... quem se importa? Suas emoções e sentimentos atrapalham seu juízo. É por isso que você vai perder, e eu vou ganhar.

— Isso é o que veremos, Herobrine. Mas, desta vez, Gameknight999 estará à sua espera.

— Como da última? — gritou. — Ele só não foi destruído por causa dos seus cãezinhos fracotes, velha. Esse truque não vai funcionar de novo. Da próxima vez que eu enfrentar o Usuário-que-não-é-um-usuário, terei uma surpresinha reservada para ele... algo que nem a grande Oráculo pode ter previsto. — Herobrine deu um passo à frente, fazendo com que a velha NPC segurasse a bengala com firmeza. — Sentiu os servidores mudarem...? Acho que não. Fui extremamente cuidadoso. Criei algo que parecia tão inofensivo e insignificante que passou despercebido do olhar sempre vigilante da grande Oráculo. Acontece que essa coisinha sem importância vai mudar o equilíbrio de poder de uma vez por todas, e fará com que o Usuário-que-não-é-um-usuário se ajoelhe diante de mim.

Herobrine soltou, então, uma risada maníaca que reverberou por toda a câmara. Dando mais um passo à frente, ele sacou a espada e aproximou-se da Oráculo.

— Seu tempo acabou — disse, com um sorriso —, e agora você não tem nenhum de seus vira-latas para protegê-la. Você foi abandonada por todos os NPCs e está completamente sozinha. A Oráculo está à minha mercê.

— Você não sabe o significado desta palavra — vociferou a velha, levantando em seguida a bengala e atirando-a de lado.

— O que você está fazendo? — perguntou Herobrine, com uma expressão confusa.

A Oráculo, então, sorriu e fechou os olhos. Em seguida, cruzou os braços sobre o peito.

— O que você está fazendo? — repetiu ele.

Ela não disse nada... Apenas sorriu.

Herobrine sentiu que a música de Minecraft ficava mais alta, o volume se amplificando aos poucos. Olhou com nervosismo ao redor da câmara, sem saber o que estava acontecendo. Voltou-se, então, para sua presa. Segurou firmemente a espada e a levantou acima da cabeça. Dando um último passo à frente, brandiu a arma em direção à Oráculo. Entretanto, pouco antes de a lâmina afiada tocar nos cabelos brancos da velha, ela desapareceu, e a espada de Herobrine cortou inofensivamente o ar.

Virando-se rapidamente, Herobrine examinou o local. *O que aconteceu? Ela se teleportou de alguma forma?* Ele não suspeitava de que a Oráculo tivesse esse tipo de poder. Enquanto ele permanecia ali, sem palavras, as tochas presas nas paredes começaram lentamente a se apagar, uma após a outra, como se um gigante invisível estivesse extinguindo as chamas com seus enormes dedos transparentes. Uma a uma, as tochas tremeluziram e depois se apagaram, até o salão ser tomado pela escuridão.

Usando os poderes de teleporte, Herobrine desapareceu e reapareceu no penhasco, de onde podia ver toda a cena. No lugar onde antes ficava o templo majestoso, surgira uma cratera gigantesca incrustada no chão. Girando o corpo, ele procurou pela Oráculo, mas não a encontrou em parte alguma. A única pista de que algo monumental acabara de acontecer vinha da música de Minecraft. Ela foi aumentando, tornando-se cada vez mais alta — mas ele logo percebeu que, aos poucos começava a diminuir de volume e a voltar quase ao normal, tilintando levemente ao fundo.

Movendo seus olhos brilhantes de um lado para o outro depressa, Herobrine sorriu.

— Eu devo ter conseguido... Eu consegui! Destruí a Oráculo! — exclamou para si mesmo. — OUÇA ISSO, GAMEKNIGHT999... EU DESTRUÍ A VELHA E AGORA VOU ATRÁS DE VOCÊ!

E desapareceu e reapareceu no litoral.

— Só que desta vez, Usuário-que-não-é-um-usuário, eu terei uma surpresinha à sua espera.

Logo depois de Herobrine soltar uma de suas odiosas e maléficas risadas, ele desapareceu, deixando para trás uma cicatriz na forma de uma cratera fumegante na carne de Minecraft.

CAPÍTULO 2
TERRA LÁCTEA

A frota de barcos navegou pelo inóspito oceano durante dias. Os NPCs haviam conseguido combater o grande exército de aranhas no Templo da Selva, e a batalha campal chegara ao fim depois de Gameknight999 ter destruído a aranha rainha. Mas aquilo fora por um triz, e o resultado poderia facilmente ter sido o oposto. Com o ataque iminente de um novo exército de creepers e zumbis pairando como ameaça, um presentinho de Herobrine, eles não tiveram outra opção além de dar as costas e fugir.

A bordo de barcos fornecidos por Shawny, um usuário amigo de Gameknight, fugiram todos da armadilha de Herobrine em direção ao desconhecido; todavia, muitos estavam começando a questionar aquela decisão. Sem sinal de terra firme por dias e com os suprimentos de comida escasseando lentamente, muitos dos NPCs sussurravam seus medos de nunca mais encontrarem um continente de novo. Gameknight via alguns dos NPCs segurando varas de pescar, mas o aspecto de desânimo naqueles rostos pixelados deu a entender que poucos peixes estavam sendo pegos. Se não encontrassem terra logo, haveria problemas. À sua direita, Gameknight viu um grupo de lulas nadando bem próximo, suas bocas vermelhas brilhantes circundadas por dentes brancos e afiados, destacando-se no suave azul do mar. Ele sempre achara essas criaturas interessantes. As bocas cheias de dentes sempre lhe pareceram ameaçadoras, especialmente agora que ele estava dentro do jogo; presas afiadas como se pudessem estraçalhar um NPC em segundos. No entanto, elas eram completamente inofensivas; suas bolsas de tinta eram usadas como corante preto na produção dos mais variados itens. As criaturas quadradas se moviam com graça serena pelas águas, os tentáculos longos e retangulares arrastando-se preguiçosamente em seu encalço; não queriam mal a criatura nenhuma.

Gameknight999 invejava essas lulas.

Olhando de relance para a esquerda, viu Escavador em seu próprio barco se movendo para a frente sem se deter, seguindo o fluxo dos barcos de madeira. O grande NPC se virou e olhou para Gameknight, o cabelo castanho claro brilhando sob a luz do sol nascente, que acabara de aparecer de trás do infinito horizonte azul; seus olhos cinzentos resplandecendo de esperança, como sempre. Próximo a ele, Talhador remava. O robusto NPC movia o barco sem esforço enquanto examinava o oceano em busca de ameaças. Ele estava sempre alerta para a presença de monstros.

— Eu amo as cores do nascer do sol — soou uma voz à sua direita.

Gameknight se virou e viu Monet113, sua irmã, remando ao lado dele em seu próprio barco. Ela ainda vestia a armadura de ferro, mas havia retirado o elmo. O cabelo azul brilhante escorria por suas costas, enfatizando a obsessão dela por cores e arte.

— Eu também — concordou Escavador. — Não me importo de dizer que, mesmo aqui, eu ainda me sinto melhor quando o sol nasce.

— Sim — respondeu Gameknight999. — Tem sido ótimo não ver monstros se materializando aqui no oceano. Alguns dias sem lutar era exatamente do que todo mundo precisava.

O grande NPC concordou, depois moveu seu barco de modo a ficar bem próximo do de Gameknight, deixando Talhador sozinho.

— Você tem alguma ideia do que devemos fazer quando encontrarmos terra firme? — perguntou Escavador.

Gameknight deu de ombros.

— Na verdade, não — respondeu em voz baixa. — Tudo o que sei é que precisamos encontrar uma aldeia com comida e começar a recrutar mais NPCs. Suspeito de que Herobrine vai ficar furioso quando souber que escapamos da armadilha. Provavelmente, ele vai atacar com força total quando nos encontrar de novo. Todas as batalhas que enfrentamos até agora não serão nada comparadas com a ira dele. — Gameknight se inclinou para mais perto do grande NPC e abaixou ainda mais o tom de voz. — Tenho a sensação de que a Batalha Final por Minecraft não foi aquela que lutamos nos degraus da Fonte, enfrentando Érebo e os monstros do Mundo da Superfície e do Nether. A Batalha Final será o conflito que nos espera no horizonte, em algum lugar... e temos que estar preparados.

— E se a gente pedir para o Shawny trazer alguns dos usuários para nos ajudar? — sugeriu Monet.

Gameknight negou com a cabeça.

— O acordo do Conselho dos Artífices ainda está em vigor — respondeu Gameknight. — Se os usuários aparecerem e os NPCs usarem suas mãos e armas, eles seriam expulsos das aldeias... e você sabe o que isso significa.

— Eles se tornariam Perdidos... NPCs sem aldeia — disse Escavador baixinho, as palavras parecendo veneno na língua. — Eles seriam obrigados a vagar pela Mundo da Superfície sem comunidade, amigos nem nada... completamente sozinhos.

— Você sabe quanto tempo um aldeão sobreviveria em Minecraft sozinho, Monet? — questionou Gameknight.

— Não muito — disse Escavador.

O Usuário-que-não-é-um-usuário concordou.

— Então, quer dizer que estamos por conta própria? — perguntou Monet.

Gameknight e Escavador assentiram.

— Se um aldeão continuasse a lutar, depois de os usuários chegarem, estaria sacrificando tudo o que tem — explicou Gameknight. — Eu não posso pedir para ninguém fazer isso. Temos que descobrir como derrotar Herobrine sem a ajuda dos usuários.

— Bem, você deve saber; todos confiam em você para superar isso e derrotar Herobrine — completou Escavador.

Gostaria de poder sentir um pouco dessa confiança em mim, pensou Gameknight. *Não sei o que estou fazendo. Todos esses NPCs pensam que eu sou al-*

gum tipo de grande herói, mas na verdade sou uma fraude, só tentando me virar sem que descubram que eu não tenho a menor ideia do que estou fazendo.

Ele enfiou a mão em seu inventário e tirou um ovo rosa cheio de pintas, a arma que destruiria Herobrine, de acordo com a Oráculo. Revirou-o entre suas mãos ásperas e olhou para a superfície do ovo, tentando descobrir o que era... para ele, porém, aquele objeto não passava de um completo mistério.

O que vou fazer com isso?

Olhando para trás, Gameknight se lembrou de sua última conversa com a velha. Ela dissera: "Olhe para o mais humilde e o mais insignificante dos seres, é aí que estará a sua salvação."

O que ela quis dizer? Deve ser importante.

Ele estremeceu enquanto ondas de dúvidas colidiam em sua mente.

— Você tem alguma ideia do que vai fazer com isso? — perguntou Monet.

Gameknight deu de ombros.

— Tenho certeza de que você vai descobrir; só não fique remoendo isso — aconselhou a irmã. — Quando for a hora, você saberá o que fazer, então não se preocupe.

— Pode ser para você, Monet, mas não é assim que eu funciono — disse Gameknight. — Não posso simplesmente *esperar* as coisas acontecerem. Preciso ter um plano e me preparar, pois muitas vidas dependem de que eu faça a coisa certa. Eu não posso ser como você e simplesmente "agir primeiro e pensar depois"... não é assim comigo. — Ele desviou o olhar da irmã e fitou o sol nascente. O céu avermelhado havia mudado para um azul profundo, tornando difícil perceber onde ele terminava e o mar começava.

— Jenny... e se eu não for capaz de descobrir? — sussurrou. — E se eu não for esperto o suficiente?

— O quê? — retrucou ela, asperamente. — Você disse "e se"?

Gameknight olhou para baixo, para o fundo de seu barco.

— Você sabe o que o papai diria sobre isso, não sabe, Tommy?

Ele confirmou com a cabeça.

— Sim... ele diria: não foque no *se*; foque no *agora* — recitou Gameknight, como se tivesse ouvido isso do seu pai mil vezes. Ele se inclinou, aproximando-se da irmã. — Queria que ele estivesse aqui agora, em vez de viajando. Seria ótimo contar com a ajuda dele... com o digitalizador... para enfrentar Herobrine. Aposto que o papai saberia o que fazer, se estivesse em casa. Mas ele nunca está, e me pediu para assumir o comando quando estiver ausente... Ou seja, sempre!

O pai de Gameknight estava sempre viajando, tentando vender as invenções que criava, e assim Gameknight ficara preso em Minecraft. Quando o pai estava fora, era responsabilidade de Gameknight cuidar da irmã e protegê-la. Mas nenhum dos dois esperava que Jenny fosse usar o digitalizador e entrar em Minecraft. A natureza dela de "agir primeiro e pensar depois" lhe causava problemas constantemente, e parecia que a função de Gameknight era sempre dar um jeito na situação.

Afastando os pensamentos de incerteza e medo da mente, Gameknight olhou para o grupo de barcos que flutuava ao lado. A distância, avistou um risco cintilante no céu, que explodiu depois em uma chuva de cores — um dos fogos de artifício de Artífice. O sábio NPC os estava usando para manter todos os barcos próximos, o que se mostrou um sucesso durante as longas noites, mas Gameknight tinha certeza de que a quantidade de fogos devia estar diminuindo. Quando estava prestes a perguntar a Escavador sobre isso, ouviu a voz jovem do Artífice gritando mais alto que os sons do mar.

— Terra à vista! — gritou Artífice. — TERRA!

Gritos entusiasmados ecoaram do grupo de NPCs, e os brados de Escavador ressoaram pela paisagem marinha e encheram os ouvidos de Gameknight. Com a esperança renovada, os aldeões passaram a conduzir seus barcos individuais o mais depressa que podiam, dirigindo-se para a salvação que começava a exibir sua cabeça de terra no horizonte.

Depois de alguns minutos, Gameknight avistou a nova terra... mas não era o que esperava. Ele viu cogumelos altos e vermelhos postados como guardiões silenciosos por toda a paisagem, as laterais avermelhadas com manchinhas quadradas brancas. Misturados a eles, havia cogumelos marrons de topo achatado, com talos brancos como ossos. O chão era uma mistura de tons suaves de roxo e rosa, que dava à paisagem uma aparência quase alienígena. Gameknight ficou animado ao perceber que eles estavam se aproximando de um bioma de cogumelos. Nunca estivera em um daqueles antes, mas havia lido sobre eles na internet e visto vários vídeos no YouTube.

Assim que Gameknight ancorou seu barco e desembarcou, ouviu o mugido do gado. Subindo depressa uma leve inclinação, foi recebido por um enorme rebanho de coguvacas, vacas com manchas vermelhas e brancas e cogumelos crescendo em suas cabeças e seus lombos. O vermelho brilhante da pele dos animais contrastava contra os blocos de micélio lavanda que cobriam o chão. Ao examinar a paisagem, Gameknight viu que sua irmã já admirava, com olhos arregalados, um dos cogumelos achatados. Ele se aproximou.

— Gostou? — perguntou Gameknight.

Ela assentiu, olhou para baixo e exibiu um largo sorriso.

— As cores são fantásticas — disse ela. — Os blocos que compõem a paisagem...

— São chamados de *micélio* — contou ele.

— Certo, micélio... eles são maravilhosos. Consigo contar até seis cores diferentes no topo de cada um. E há esporos minúsculos saindo deles, como se a própria terra estivesse tentando produzir mais cogumelos — disse Monet com voz sonhadora. — E as vacas...

— São chamadas de *coguvacas*. Mas não temos tempo para passear agora, Monet, temos trabalho a fazer.

Ela olhou para o irmão e suspirou antes de descer a escadaria de terra improvisada que fizera para chegar até o alto do cogumelo. Gameknight e Monet saíram em busca de Artífice. Monet viu o jovem NPC primeiro, sua túnica preta destacando-se contra o fundo roxo. Artífice empunhava um machado e seguia em direção ao talo alto e branco de um enorme cogumelo marrom de topo achatado, situado a uns dez blocos altura.

Gameknight começou a falar:

— Artífice, precisamos...

— Precisamos começar a colheita dos cogumelos — disse o jovem NPC.

— Certo! — concordou Gameknight, virando-se para a irmã. — Monet, comece a pegar todas as tigelas que puder. Podemos usar os cogumelos para fazer um ensopado. Precisamos de um marrom e um vermelho, além, é claro, de uma tigela de madeira. Junte o máximo de tigelas possível, para podermos alimentar todos.

Ele então examinou o mar de rostos ao seu redor, procurando um NPC específico.

— Pastor! — gritou Gameknight.

— Aqui!

Gameknight se virou e viu um rapaz alto e magro, de longos cabelos pretos, acenando para ele. Vestia uma túnica de couro marrom, em cujo centro havia uma faixa branca vertical. O rapaz correu em direção à voz de seu ídolo, o Usuário-que-não-é-um-usuário, com um enorme sorriso no rosto quadrado.

— Estou aqui... estou aqui — disse o jovem animadamente, enquanto parava em frente a Gameknight.

— Sim, estou vendo — respondeu Gameknight. — Você está quase pisando no meu pé.

— Ah, desculpe! — pediu Pastor, dando um passo para trás. — O que posso fazer para ajudar?

— As coguvacas — disse Gameknight.

O Pastor olhou para ele confuso, até perceber a presença das criaturas vermelhas e brancas.

— Eu quero que você as tose — explicou Gameknight. — Se coletar os cogumelos, elas vão virar vacas comuns. Depois da tosa, quero que colha o máximo de cogumelos que puder. Precisamos de um novo rebanho, e todos sabem que pastorear animais é o seu trabalho.

— Mas não tenho nenhum lobo para ajudar! — reclamou o rapaz magro.

— Então chame alguns guerreiros. Nós vamos precisar de comida para mais tarde.

Pastor se encolheu à menção da ideia de matar animais. Gameknight sabia que era difícil para Pastor, mas os dois conheciam a realidade em Minecraft: se ficar sem comida... você não dura muito.

— Estou confiando em você para fazer isso... Posso contar com você?

Pastor olhou para Gameknight e concordou com a cabeça quadrada, orgulhoso por ter sido convocado pelo Usuário-que-não-é-um-usuário para executar uma tarefa importante. O rapaz saiu apressado, segurando uma tesoura prateada. Gameknight gesticulou para um grupo de guerreiros, pedindo que ajudassem Pastor. Os guerreiros pararam de desenterrar cogumelos e correram em direção a pastor, gritando "Homem-lobo! Homem-lobo!".

Gameknight sorriu.

Houve uma época em que Pastor tinha sido alvo de ridicularização e *bullying*. O jeito diferente dele atraía provocações sarcásticas e ofensivas, sem contar as pegadinhas de mau gosto feitas em quase todas as oportunidades. Menino-porco era seu apelido por causa do seu trabalho com os animais; um nome para magoar, não enaltecer. Mas o garoto havia mostrado sua verdadeira coragem e força na batalha pela Fonte, ao conduzir uma enorme matilha e fazer a horda de monstros recuar, salvando centenas de vidas. Agora, em vez de *Menino-porco*, era *Homem-lobo*, um nome dado por respeito, tendo sua força sem igual finalmente reconhecida por todos. Gameknight estava orgulhoso do rapaz magricelo e sorriu enquanto o observava correr.

Em seguida, o Usuário-que-não-é-um-usuário examinou o local. Todos os NPCs desenterravam cogumelos, enchendo seus inventários com os pequenos fungos vermelhos e marrons. Alguns deles já tinham começado a fazer ensopado de cogumelo; sorviam o líquido pálido e depois entregavam a tigela de madeira para o próximo aldeão. Gameknight viu Escavador no topo de uma colina alta, examinando o local. Pegando uma tigela de ensopado de cogumelo, Gameknight subiu a encosta até alcançar o grande NPC.

— Escavador... tome — disse Gameknight, oferecendo a tigela.

Estendendo seus grandes braços musculosos, Escavador aceitou e bebeu o ensopado, devolvendo o recipiente vazio.

— Obrigado! — agradeceu, em voz grave.

Gameknight assentiu e permaneceu ao seu lado, de costas para o mar. Daquela altura, eles podiam ver que a terra dos cogumelos era uma grande ilha, com apenas uma faixa estreita de água separando-a do continente. A distância, dava para ver o que os esperava: um deserto... Um deserto quente e seco.

— Haverá pouca comida lá — disse Escavador, sem olhar para o amigo. — Precisamos levar cada cogumelo que pudermos carregar.

— Enquanto conversamos, Artífice está fazendo com que todos os colham.

Escavador resmungou.

— Alguma ideia de que caminho precisamos seguir? — perguntou.

Gameknight fez que não.

— Eu imagino que devemos seguir para leste — respondeu o Usuário-que-não-é-um-usuário. — Quanto mais para longe de Herobrine, melhor. Mas, se não encontrarmos uma aldeia logo, estaremos em apuros. Esses cogumelos não vão durar muito.

— Temos que bolar uma estratégia para quando chegarmos ao deserto — disse Escavador. — Não havia monstros no mar, e nunca há hordas hostis em terras de cogumelos. Por isso, todos estão mal-acostumados. Precisamos lembrar que ainda estamos em guerra.

— Tenho certeza de que as aranhas daquele deserto vão fazer com que todos se lembrem bem depressa — completou Gameknight.

— Espero que não — respondeu Escavador, enquanto pegava sua picareta de ferro e descia a encosta para começar a agrupar seus guerreiros.

De pé na colina, Gameknight observou toda a ilha dos cogumelos e olhou em direção ao vasto deserto. Fechou os olhos e ouviu a música de Minecraft. Não estava tão tensa e dissonante como quando os monstros, liderados por Érebo, tinham ido à Fonte. Não, dessa vez era diferente. Ainda fluía como uma bela melodia de fundo, colorindo o maravilhoso cenário de Minecraft com suas cores harmoniosas, mas havia algo de errado. A música não tinha o mesmo efeito calmante. Ao contrário: deixou-o com um sentimento de inquietação desesperada, como se algo perigoso estivesse vindo na direção deles.

CAPÍTULO 3

SURPRESA NO DESERTO

Enquanto Gameknight999 atravessava a estreita faixa de água, saindo da ilha dos cogumelos em direção ao bioma do deserto, ele olhou para o sol. O astro estava no ponto mais alto do céu, encarando-os diretamente com seu formato quadrado e amarelo, puro e brilhante. Assim que Gameknight cruzou a barreira de água que separava os dois habitats, surpreendeu-se ao sentir a temperatura subir repentinamente assim que seus pés pisaram na areia. Olhando em volta, percebeu que todos os NPCs sentiram o mesmo... o calor opressivo do deserto. Foi quase avassalador, mas todos sabiam que Herobrine e seu exército de monstros estavam no encalço deles, caçando-os implacavelmente. Eles que não ousassem diminuir o ritmo! Com as cabeças abaixadas para evitar a fornalha ardente no alto, Gameknight e os NPCs seguiram em direção ao leste.

— Nunca estive num deserto antes — disse uma voz aguda ao lado.

Gameknight olhou para baixo e viu Tapador encarando-o. Os olhos calorosos e castanhos do jovem brilhavam com sutis partículas douradas na luz brilhante do sol. Era o filho de Escavador e tinha uma irmã gêmea, Enchedora.

— Tinha um a cerca de um dia de caminhada ao sul da minha aldeia — explicou Tapador —, mas eu não podia ir lá. O papai disse... você sabe... Escavador...

— Sim, eu sei quem é o seu pai — disse Gameknight, sorrindo.

— Enfim, ele disse que era muito longe para alguém tão jovem como eu.

— Seu pai é um NPC sábio.

O sorriso do garoto se transformou em uma carranca.

— Mas quando eu *vou* ter idade para isso? — resmungou Tapador. — Nós podemos fazer coisas, sabe... eu e Enchedora... mas ninguém acredita na gente. Todos pensam que, como somos pequenos, também somos fracos e medrosos... e isso não é verdade! Quero que ser tratado como um adulto, mas todos me tratam como criança... Não é justo!

— Escavador está protegendo você, Tapador — disse o Usuário-que-não-é-um-usuário. — Além disso, quando você for mais velho, tenho certeza de que ele vai dar muitas coisas para você fazer, coisas que só os garotos maiores conseguem. Só precisa esperar um pouco.

— Eu não quero esperar! — retrucou o NPC.

— Às vezes as nossas escolhas e ações nos definem, Tapador — disse uma voz vinda de trás. Gameknight se virou e viu Artífice caminhando até ele, com Talhador e Enchedora ao seu lado. — Já vi crianças tomarem decisões muito maduras e responsáveis e fazerem coisas que ninguém achava serem possíveis.

— Como Pescador? — perguntou Gameknight.

Artífice concordou.

— As decisões que tomamos na vida mostram às pessoas quem somos, Tapador —continuou o NPC. — Crianças que tomam decisões maduras não são tratadas como criancinhas, mesmo que estejam entre os menores NPCs. A idade não é a escala pela qual se medem as pessoas; é o que elas fazem e como o fazem... Isso é o que importa.

Tapador se virou e olhou para Artífice por cima do ombro, depois encarou Gameknight999. Sua monocelha ficou arqueada, revelando concentração.

— Os feitos não fazem o herói... — murmurou Gameknight, tão baixo que ele mal pode se escutar.

Olhando de relance por cima do ombro, ele viu o sorriso de Artífice.

— Um dia você vai ver... todos vão ver... que Tapador e Enchedora não são mais criancinhas — disse Tapador, com orgulho.

— Isso mesmo! — concordou Enchedora com uma vozinha aguda.

— Bem, ao menos por enquanto vocês ainda são pequenos o bastante para isso — disse Gameknight.

Em um piscar de olhos, Gameknight999 alcançou Tapador e o segurou pela cintura. Depois, levantou-o bem alto para que o menino pudesse sentar nos seus ombros quadrados. Em seguida, Talhador fez o mesmo com Enchedora; seu cabelo loiro claro esvoaçava pelo ar como uma onda dourada. Os gêmeos riram ao se sentarem naquelas montarias. Gameknight sorriu para Talhador e deu um tapinha no ombro do musculoso NPC.

Ao olhar para o sujeito robusto, Gameknight percebeu que Talhador era tão forte como Escavador, se não mais. Seus braços eram grossos como troncos; seus bíceps gigantes haviam sido formados após incontáveis horas de trabalho com a picareta contra a pedra. Sua pele estava coberta de pequenas cicatrizes causadas pelos muitos pedaços de rocha que o tinham cortado ao longo dos anos. Talhador via esses arranhões como uma medalha, um símbolo de seu trabalho duro e de sua habilidade. Um emaranhado de cabelos castanhos, quase da cor da casca de um carvalho, cobria sua cabeça quadrada, com leves fios cinzentos que sinalizavam a chegada da meia-idade. Os olhos, porém, eram a característica mais notável. Eram da cor de pedra... cinzas, mas sem o brilho de esperança dos olhos de Escavador e Artífice. Esses olhos cinzentos escondiam uma tristeza terrível que morava no fundo da alma dele. Algo havia acontecido ao robusto NPC no passado; algo terrível. Gameknight podia vê-lo frequentemente absorto, momentos em que ficava quieto e contemplativo; via as memórias dolorosas sendo revividas. Às vezes Talhador parecia absurdamente triste, mas, quando estava próximo de Gameknight999, deixava de lado a melancolia, endireitava a postura e até parecia mais alto. Na verdade, o Usuário-que-não-é-um-usuário começou a perceber que Talhador nunca se afastava muito dele. Era como se estivesse tentando sempre protegê-lo... Curioso.

Olhando para a criança em seus ombros, Gameknight viu o sorriso de Tapador, seu cabelo curto em tom de loiro areia brilhando à luz do sol. Próximo a ele, Enchedora sorriu para o irmão e olhou para baixo, para Talhador, sua montaria. O NPC lançou um sorriso para a menina, com os olhos de pedra momentaneamente cheios de alegria.

As duas crianças cavalgaram nos ombros dos homens enquanto eles se arrastavam pela tarde, andando por um tempo que lhes pareceu longo. O calor opressivo do sol minava os NPCs, consumindo suas forças e, em alguns casos, seu HP. Gameknight viu muitos aldeões pegando suas garrafas para beber água, tentando repor o HP que, aos poucos, evaporava de seus corpos já exaustos. Conforme continuavam a se arrastar pela terra seca e devastada, uma nuvem de inquietação parecia impregnar o ambiente à medida que o sol se aproximava do horizonte; a noite estava chegando. No amplo deserto, cercados apenas por enormes dunas onduladas de areia, havia muito pouco para usar como camuflagem ou defesa. Eles estavam totalmente expostos, e Gameknight sabia que, se uma numerosa horda os atacasse lá, montar uma defesa seria muito difícil.

Subindo uma duna, Gameknight vasculhou os arredores, tentando bolar um plano, caso se deparassem com grupos hostis. Desejou que tivessem cavalos, já que velocidade significava sobrevivência em uma batalha; mas eles haviam deixado as montarias no Templo da Selva, já que não haviam podido trazê-las nos barcos. As vacas que Pastor tosara não serviriam para nada em combate, apesar de os NPCs precisarem de carne para restabelecer sua saúde depois do confronto.

Gameknight estremeceu ao imaginar uma batalha naquelas dunas. Aquilo o fez relembrar um livro que tinha lido uma vez. Ele imaginou Arrakis e vermes da areia deslizando pelas dunas, os Fremen montados sobre os poderosos animais, agarrados em seus ganchos. Um sorriso apareceu em seu rosto ao se lembrar da primeira vez que lera aquele livro lendário, aconchegado em sua cama, lendo até altas horas, totalmente absorvido pela história.

De repente, um grito de alegria atravessou o ar. Voltando à realidade, Gameknight olhou para o alto de uma duna próxima. Viu Escavador no topo, acenando com a picareta de ferro. Correu, desviando de outros NPCs, tentando chegar ao cume sem chacoalhar muito Tapador. Ao chegar, ficou chocado com o que viu: um templo no deserto.

A construção ficava situada em uma grande depressão plana, rodeada por um círculo de dunas de areia. Mais ao longe, perto do horizonte, Gameknight discernia o contorno de outra estrutura. Parecia uma alta torre de pedra... Uma torre de vigia.

Era uma aldeia: ainda muito longe, mas já dava para vê-la.

Os NPCs davam gritos de alegria conforme iam alcançando o alto da colina. Uma vila significava água, uma vila significava colheitas... Uma vila significava vida. Mas, quando parecia que a sorte estava finalmente ao lado deles, um grito de terror cortou o ar como uma navalha. Tapador berrou, apavorado. Gameknight tirou a criança dos ombros e a colocou o no chão.

—Tapador, qual é o problema? — perguntou Gameknight.

O rosto do menino estava pálido, os olhos castanhos bem abertos, em estado de choque. Ele vagarosamente apontou para o norte, seu dedo retangular e atarracado tremendo de pavor.

— Os zumbis estão vindo — disse o garoto, com a voz embargada de medo.

Sem perceber, Gameknight sacou a espada enquanto se virava. Um calafrio percorreu-lhe a espinha quando ele olhou pelo deserto. No lusco-fusco do anoitecer, era possível avistar formas verdes esquisitas cambaleando pela paisagem de areia, com seus braços putrefatos esticados. A luz alaranjada do pôr-do-sol refletia nas garras afiadas deles, fazendo com que os dedos pontudos brilhassem e piscassem a distância, como se estivessem em chamas.

— Quantos são? — perguntou um dos NPCs.

— Muitos! — exclamou outro.

Gameknight tentou contar, mas a pouca luz e a distância tornavam aquilo muito difícil. De uma coisa ele tinha certeza... havia muitos zumbis.

— Eu acho que eles estão indo para a aldeia — disse Gameknight.

— Temos que fazer alguma coisa — retrucou sua irmã.

Ao se virar, ele viu Monet113 ao seu lado, segurando o próprio arco.

— Não podemos deixá-los chegar à aldeia e destruir tudo — disse ela. — Temos que impedi-los!

Ele olhou em direção aos monstros, depois mais uma vez para a aldeia. As furiosas criaturas claramente rumavam para a vila no deserto, e não havia como os NPCs chegarem lá antes delas. O templo, entretanto, estava bem no caminho dos zumbis. Ele viu o medo nos rostos dos NPCs, seus corpos cansados marcados pela fadiga e exaustão. Se avançassem e atacassem a horda em campo aberto, muitos de seus amigos e familiares seriam aniquilados... Não havia como lutarem com tantos zumbis, pelo menos não tão cansados como todos estavam.

— Gameknight, o que você acha que devemos fazer? — perguntou Escavador.

Os gemidos tristes dos zumbis flutuavam pela morna brisa do deserto e chegavam aos ouvidos deles. Era um som assustador e raivoso, que levou muitos dos NPCs a tremerem de medo.

— Por que estamos aqui? — gritou Caçadora, enquanto sacava seu arco e preparava uma flecha. — Vamos pegar esses zumbis!

— Não, eu não acho que isso seria inteligente — disse Artífice, sacando a espada. — Usuário-que-não--é-um-usuário, qual é o plano?

Gameknight percebeu a preocupação nos brilhantes olhos azuis dele. Mas, quando olhou para Caçadora, tudo o que viu foi alguém com vontade de lutar. Ela continuava atrás de vingança pela morte dos pais e da dela aldeia pelas mãos dos monstros.

O que vamos fazer?

A indecisão tomou conta dele, paralisando sua mente. Havia NPCs naquela aldeia... e corriam perigo. Mas os NPCs que estavam com ele eram seus amigos; ele não podia simplesmente enviá-los para outra batalha... não naquele momento.

Se eu cuidar de uns, sacrifico outros, pensou. *Odeio essa responsabilidade... Isso me faz querer explodir.*

Então a solução começou a surgir em sua cabeça.

Explodir... Sim, isso daria certo, mas e os zumbis? Como podemos lutar contra tantos se nós... O templo... Claro!

Enquanto todos ao redor de Gameknight lhe faziam uma pergunta atrás da outra, o plano foi tomando forma em sua mente. Apesar de arriscado, era bom.

Não há vida sem risco, lembrava uma voz em sua cabeça, uma voz que definitivamente não era a sua.

Ele olhou ao redor, tentando descobrir se alguém também tinha ouvido aquela voz, mas tudo o que viu foi medo e confusão. Todos falavam ao mesmo tempo, cada um gritando enfaticamente o que o grupo deveria fazer. Eles precisavam naquele momento era de uma direção, de um líder... do Usuário-que-não-é-um--usuário.

— *SILÊNCIO!* — ordenou Gameknight; então encarou os rostos à sua volta, incitando alguém a desafiá--lo. Caçadora estava prestes a falar alguma coisa, mas a cara fechada dele a silenciou instantaneamente. — Certo... Eis o que vamos fazer!

Gameknight999 explicou seu plano, enquanto o exército de monstros chegava cada vez mais perto.

CAPÍTULO 4
O TEMPLO DO DESERTO

s NPCs correram até o templo; suas vidas dependiam daquilo. Enquanto corriam, Gameknight viu Artífice à frente, lançando foguetes para o alto. Lá em cima, mísseis explodiam em uma chuva de cores: a cara verde de um creeper, uma esfera laranja brilhante, uma estrela amarela cintilante. À luz do crepúsculo, os aldeões poderiam ver facilmente o espetáculo de cores.

— Espero que os aldeões estejam se preparando para enfrentar este exército — disse Gameknight à sua irmã, Monet, que corria ao lado.

— Eu poderia ir na frente e avisá-los — sugeriu a garota. — Tenho certeza de que consigo correr mais rápido que os zumbis e chegar lá antes.

— NÃO! — falou Gameknight, rispidamente. — É muito arriscado.

— Mas eu poderia...

— De jeito nenhum. Eu tenho que protegê-la... é o meu trabalho. E você correndo na frente de um exército zumbi e torcendo para conseguir encontrar um esconderijo até eles irem embora não me parece um plano muito seguro.

— Mas eu consigo... Sei que consigo! — disse ela, quase gritando.

— Pode esquecer! — respondeu Gameknight. — Vamos todos em direção ao Templo do Deserto e não se fala mais nisso.

Monet113 olhou para o irmão. Sua monocelha se arqueou em frustração enquanto ela o encarava. Seus olhos verde-acinzentados, geralmente tão suaves, ardiam de raiva. Gameknight estava prestes a dizer alguma coisa quando ela se virou e mudou de lugar, indo correr ao lado de Costureira. Uma expressão irritada tomava conta de seu rosto.

Enquanto todos corriam, Gameknight se moveu para a beira do grupo e sacou a espada. Ele já conseguia ouvir os gemidos e grunhidos furiosos das criaturas em decomposição, seu ódio pela vida ressoando através do deserto inóspito.

Temos que nos apressar!, gritou ele em sua mente.

O templo ainda estava longe, e o ruído dos zumbis ficava cada vez mais alto.

— Todos, rápido! — gritou Gameknight, mesmo percebendo que todos já estavam dando seu máximo.

Eles não chegariam ao templo antes do encontro; ou seja, precisariam combater os zumbis em campo aberto. Naquele caso, muitos morreriam durante a batalha, e o Usuário-que-não-é-um-usuário não pretendia deixaria aquilo acontecer.

— Lenhador, Pedreiro, Aparador, Sapateiro, peguem TNT e venham comigo! — ordenou. — Caçadora, vou precisar de você também.

Os quatro NPCs recolheram os blocos listrados vermelhos e brancos de seus amigos, levando o máximo que podiam segurar, e correram em direção a Gameknight. Separando-se do grupo principal, o Usuário-que-não-é-um-usuário correu em diagonal, não exatamente em direção ao templo e não rumo aos zumbis, mas em algum ponto intermediário. De repente, viu-se cercado pelos NPCs, com Caçadora ao seu lado, o arco cintilante dela emitindo um brilho azul-celeste em volta dos guerreiros. Subindo uma duna alta, viu a aproximação da horda, que subia a colina onde os NPCs estavam. Os monstros os viram e grunhiram, os olhos emitindo um brilho vermelho de ódio.

—Eles não parecem muito felizes. Talvez se fizermos uma surpresinha, vamos melhorar o humor deles — disse Caçadora, desencadeando uma risada nervosa dos outros guerreiros.

Gameknight999, todavia, não achou graça. Ele viu que havia mais de cinquenta zumbis, um número considerável, que agora estavam se arrastando mais depressa. Não era brincadeira. Mudando de caminho, ele foi direto para a horda, seguido dos outros NPCs. Todos pararam quando chegaram no alto da colina seguinte. Gameknight via claramente os monstros. Eram zumbis normais, todos com pele verde em decomposição, calça azul-escuro esfarrapada e camisa azul-claro rasgada. Ele soltou um suspiro de alívio ao perceber que o rei dos zumbis não estava no grupo. Gameknight havia lutado contra Xa-Tul para salvar a irmã, mas não o matara, pois Herobrine interferira no conflito e teleportara o rei dos zumbis para longe no último segundo, salvando a vida da criatura. Isso sempre preocupava Gameknight.

Tenho certeza de que você está aí, em algum lugar, Xa-Tul, pensou ele.

A ideia de enfrentar aquele zumbi enorme o fazia estremecer de medo. Ele mal fora capaz de detê-lo da última vez: se Herobrine tivesse deixado o monstro ainda mais forte, ele não teria chance nenhuma.

— Gameknight, qual é o plano? — perguntou Caçadora, trazendo-o de volta à realidade.

Aos pés da duna, ele viu os monstros encarando-os, à espera.

— O que eles estão esperando? — quis saber Pedreiro.

— Talvez não imaginassem que encontrariam NPCs aqui no deserto — ponderou Aparador.

— Eles têm que nos seguir para que os outros tenham tempo de chegar ao templo — disse Gameknight. — Caçadora, você acha que consegue fazer algo para deixá-los bem bravos?

Caçadora olhou para o amigo e sorriu; virou-se, então, em direção à horda. Seus cabelos ruivos e encaracolados esvoaçavam como uma onda carmim. Sacou um punhado de flechas e enfiou-as na areia, bem à sua frente. Preparou uma e disparou em direção ao maior dos zumbis. Então, pegou outra flecha depressa e disparou de novo e de novo, uma após a outra. As flechas cortaram o ar, as pontas circundadas por um círculo de chama azul, e acertaram o monstro no peito seguidamente, em rápida sucessão. A criatura instantaneamente explodiu em chamas, para então desaparecer de repente assim que a terceira flecha atingiu em cheio alvo, fazendo com que seus companheiros grunhissem e partissem para o ataque.

— Missão cumprida — disse Caçadora, sorrindo enquanto se virava e corria, tal como os outros NPCs.

— Coloque um bloco de TNT logo abaixo do topo da duna! — ordenou Gameknight999.

Pedreiro parou e colocou o bloco sob um cubo de areia, depois se virou e continuou a correr em direção ao Templo do Deserto.

— Não! Por aqui — gritou Gameknight enquanto disparava, fazendo uma curva. — Vamos fazer os zumbis seguirem em zigue-zague para o templo. Isso vai atrasá-los.

O rosnado dos zumbis ficava cada vez mais alto à medida que eles escalavam a duna até o cume. Ao notar que os NPCs estavam escapando, a horda mudou de direção e começou a persegui-los. Mas não se arrastavam como os zumbis normalmente fazem, andando devagar e com os braços esticados...

— Eles estão correndo! — exclamou Pedreiro, deixando transparecer choque e surpresa.

— O quê? — perguntou Gameknight, olhando por cima do ombro. — Eu nunca vi zumbis correrem antes. Os poderes de artífice de sombras de Herobrine devem ter feito algo com eles... Dado aos monstros essas novas habilidades.

— Ótimo, zumbis que correm! — zombou Caçadora. — É tudo o que precisamos.

— Acabem com eles! — gritou Gameknight.

Caçadora parou e girou o corpo, depois sacou uma flecha de seu inventário e a disparou em direção ao bloco vermelho e branco. A flecha acertou o cubo bem no meio da letra N, que imediatamente começou a piscar. As criaturas estavam tão furiosas que nem notaram o tique-taque da bomba.

BUUM!

O bloco de TNT estraçalhou a horda, lançando corpos verdes para o ar. Alguns desapareceram logo que atingiram chão, emitindo um brilho vermelho no impacto. Os monstros em decomposição urraram de raiva e correram em direção aos NPCs.

— Aí vêm eles! — alertou Aparador. — CORRAM!

Todos se viraram e fugiram, disparando pelo deserto a toda a velocidade.

— Sigam na direção daquelas duas dunas! — gritou Gameknight, apontando com sua espada cintilante e iridescente.

O grupo correu adiante, sem se preocupar em responder. Eles seguiram em direção ao espaço entre as duas grandes colinas de areia. Quando chegaram aos dois montes, Gameknight parou para garantir que os zumbis os vissem.

— Caçadora, mande um recadinho para eles — disse Gameknight.

— Com prazer! — respondeu ela, disparando um projétil mortal em direção aos perseguidores.

A flecha acertou um dos zumbis no ombro, fazendo-o pegar fogo, mas só por um instante, pois o monstro se jogou no chão para apagar as chamas mágicas. De pé, o zumbi ferido rugiu um gemido horripilante e foi correndo direto para cima de Caçadora.

— Eu acho que eles entenderam a mensagem — disse Caçadora, com um sorriso. Em seguida, se virou e correu ao longo da passagem estreita entre as duas dunas.

— Rápido, virem aqui! — disse Gameknight, enquanto desviava e dava a volta na duna, indo em direção aos monstros.

— O que você está fazendo? — perguntou Sapateira. — Você está voltando para onde eles estão!

— Não, os zumbis estão atrás da duna. Eles não conseguem nos ver — explicou Gameknight. — Estamos brincando de "siga o líder". Posicione dois blocos de TNT entre as duas colinas.

Sapateira parou e colocou dois blocos, um ao lado do outro, antes de se virar e correr. Caçadora riu e deu um tapinha nas costas da amiga. Então, também deu meia-volta e saiu correndo, junto com os demais NPCs, seguindo o líder. Enquanto corriam, Gameknight ouvia os gemidos dos zumbis que começaram a persegui-los à medida que apareciam entre as duas dunas.

— Caçadora! — disse Gameknight — Acerte-os AGORA!

Com um movimento fluido, Caçadora pegou uma flecha e colocou-a no arco, esticou a corda e parou para poder mirar com cuidado. Então, disparou. A seta voou em um ângulo gracioso, iluminando a areia com um suave brilho azul enquanto cortava o ar até acertar o bloco de TNT. Instantaneamente, o cubo vermelho e branco começou a piscar. Os zumbis à frente viram as bombas e tentaram retroceder, mas a quantidade de monstros que estava vindo atrás era muito grande. Eles se chocaram, interrompendo a debandada de criaturas em decomposição.

BUUM... BUUM!

Mais corpos voaram pelo ar. Gameknight não parou para contar quantos; deu a volta e correu.

— Vamos, já os atrasamos bastante. Vamos para o templo! — gritou.

Os outros comemoraram e correram, dirigindo-se diretamente para o edifício que mal se anunciava no topo da duna à frente. Assim que subiram a coluna, Gameknight pôde ver com clareza o templo. Parecia uma antiga pirâmide egípcia — as laterais se estreitavam conforme se aproximavam do céu. Imagens das grandes pirâmides de Gizé surgiam na sua cabeça conforme ele relembrava as aulas na escola. Aquelas, porém, eram enormes, enquanto a que via à sua frente tinha cerca de dez blocos de altura, com entrada ornamentada e torres gêmeas em ambos os lados da abertura. Blocos laranjas de lã decoravam as fachadas das torres, dando-lhes um aspecto de coisa antiga, como se algum tipo de grande segredo estivesse escondido em suas entranhas.

Ao aproximarem-se da pirâmide, Gameknight viu que a maioria dos aldeões já estava dentro da edificação de blocos. Trabalhadores modificavam a estrutura, acrescentando blocos de pedra e de terra para criar muralhas de defesa e plataformas de onde os arqueiros pudessem atirar. Chegando perto da entrada, Caçadora ordenou aos NPCs que espalhassem blocos de TNT em volta do templo. Assim que terminaram, todos correram para o interior do antigo templo.

Assim que entrou, Gameknight tossiu por causa da poeira que tomava conta do ar. Havia tantas pessoas se movendo por ali que a poeira dos blocos de arenito se elevava, sufocando a todos. Parecia que os cascos duros das vacas eram os principais culpados.

— Pastor... onde está o Pastor? — gritou Gameknight.

— Estou aqui — respondeu ele, do outro lado da câmara.

— As vacas têm que sair! — disse Gameknight.

— Mas elas não estarão seguras — reclamou Pastor.

— Zumbis não comem vacas — rebateu. — Tenho certeza de que elas vão ficar bem. Tire-as daqui antes que sufoquemos.

Pastor cedeu e assobiou enquanto se movia em direção à porta. Levou as vacas para o templo.

— Rápido, volte para dentro! — gritou Artífice. — Eles estão chegando!

Pastor olhou para as vacas, virou-se e viu os monstros se aproximando. Colocou carinhosamente a mão no pescoço da vaca mais próxima, acariciou-a e correu de volta para a entrada do templo. Assim que chegou, Pastor cobriu a abertura com blocos de terra, trancando a porta.

Movendo-se até uma das torres laterais, Gameknight subiu as escadas que o levariam até o topo da pirâmide. Saltou para a superfície inclinada e se posicionou no alto da construção, de onde observou a aproximação dos monstros. Eles fluíam pelo deserto como uma maré verde venenosa, derrubando cactos como eles se não estivessem lá e esmagando os arbustos marrons e secos com seus pés desajeitados. Quando a horda chegou ao templo, pararam e encararam fixamente Gameknight999 com olhos frios e mortos cheios de ódio. Pela aparência de seus rostos em decomposição, ele percebeu que aquelas criaturas só pensavam em estraçalhá-los.

Eles se encontravam completamente cercados, e todos os aldeões que estavam escondidos no templo sentiam-se exaustos, com calor e fome. Não havia como sair de lá e combater a horda; estavam encurralados. Tudo o que os zumbis precisavam fazer era esperar até que Herobrine chegasse ali com sua força principal, e, então, todos morreriam.

— Ótimo... o que faremos agora? — disse Gameknight, olhando para os monstros lá embaixo, enquanto ondas de dúvida abatiam-se sobre ele.

Não podemos esperar aqui... senão ficaremos presos em uma armadilha, pensou. *Temos que fazer algo, mas o quê?*

CAPÍTULO 5
A BATALHA

s gemidos tristes dos zumbis chegavam até Gameknight999 de todos os lados.

— Eu acho que eles gostam de você — disse uma voz ao lado dele.

Ao se virar, viu que era Caçadora, seus cachos vermelhos brilhando ao luar.

— Sabe, é mais difícil se livrar deles se dermos nomes a cada um — prosseguiu ela, brincando.

— Pare de palhaçada! — resmungou Gameknight, virando-se para encarar seus oponentes. — O que eles estão fazendo?

— Não sei — respondeu Caçadora. — Talvez não estivessem esperando nos encontrar e ficaram meio confusos.

— É, bem... — começou a dizer Gameknight, mas foi interrompido por um mugido sofrido de uma vaca, depois outro e mais outro.

— Eles estão matando as vacas! — gritou Pastor, de dentro da pirâmide.

Caçadora se moveu até a lateral do teto, enquanto sacava uma flecha e disparava.

O projétil cruzou o ar e acertou um zumbi que atacava uma das vacas com suas garras afiadas. A flecha acertou o monstro nas costas, mas isso não o deteve. Em vez disso, o zumbi continuou a morder a vaca, ignorando o ferimento. Caçadora disparou repetidamente, até a criatura desaparecer.

Gameknight ficou chocado com o que estava vendo. *Por que atacariam as vacas?*, pensou.

Virou-se, desceu pela lateral da pirâmide e entrou na torre. Subindo dois degraus de cada vez, correu até a porta da frente. Pegou sua picareta e quebrou o bloco superior, para que eles pudessem atirar nos zumbis com seus arcos.

— Alguém atire nos monstros! — gritou Gameknight. — Eles estão atacando as vacas!

— Minhas vacas! — exclamou Pastor.

Porém, antes que alguém pudesse se mover, Gameknight continuou a abrir buracos nas paredes do templo, criando vãos de onde eles pudessem atirar.

— Arqueiros, para o topo do templo! — comandou. — Atirem nos zumbis. Não vamos deixar que acabem com nosso gado.

Os NPCs davam vivas enquanto pegavam seus arcos e se dirigiam às escadas que levavam ao ponto mais alto do templo.

— Escavador, eu preciso de mais fendas paras os... — Antes que terminasse a frase, o grande NPC já estava quebrando blocos na lateral do templo, abrindo espaços para os arqueiros atirarem nos monstros.

Em questão de minutos, as paredes estavam cheias de buracos, e os que tinham arcos disparavam flechas nas criaturas decrépitas. Quando os zumbis

perceberam o que estava acontecendo, aproximaram-
-se das aberturas e tentaram atacar o NPC com suas
garras negras.

— Para trás, para longe dos buracos! — orientou
Gameknight, sacando a espada e permanecendo bem
ao lado uma das fendas.

Assim que um zumbi se aproximou para pegar o
arqueiro, ele golpeou os braços do monstro, fazendo
que emitissem um clarão vermelho. Os aldeões sem
arcos viram isso e imediatamente se posicionaram no
perímetro do templo, permanecendo entre as fendas
abertas. Trabalhando em equipe, os arqueiros atraíam
os monstros para perto com flechas pontiagudas e os
espadachins os atacavam com lâminas. Rapidamente, os zumbis perceberam que deviam ficar longe dos
limites do templo. Isso permitiu que os arqueiros no
alto da estrutura antiga causassem estrago.

— *CAÇADORA!* — gritou Gameknight, esperando
que pudesse ser ouvido através das paredes de arenito. — *ACENDA O TNT!*

Ele se virou e viu a irmã disparando através de
uma das fendas, o arco encantado iluminando o interior da pirâmide.

— Monet, suba e vá ajudar Caçadora e Costureira...
rápido! — disse ele.

Ela sorriu e disparou até as escadas que levavam
ao topo.

No mesmo instante, o grupo sentiu o chão tremer
quando um cubo de TNT detonou. Afastando-se da
parede, Gameknight também se dirigiu para as escadas. Correndo até o alto do templo, viu Costureira e
Monet ali, disparando flechas no mar de monstros

verdes que cercavam a construção. No canto, viu Caçadora atacando, com as setas de seu arco encantado, os blocos vermelhos e brancos de TNT.

— Tomem isso, zumbis! — provocou Caçadora, enquanto atirava em outro bloco de TNT.

BUUM!

— E mais isso! — gritou, enquanto acendia outra bomba.

BUUM!

Os blocos explodiam, abrindo crateras no chão e lançando zumbis para o alto. Correndo para o outro lado do templo, Caçadora atirou repetidamente nos cubos explosivos. Explosões propagavam-se em volta do Templo do Deserto à medida que as TNT detonavam, envolvendo os monstros em seus abraços de fogo.

Gameknight olhou em volta do templo para avaliar a situação. Havia ainda pelo menos uma dúzia de zumbis vivos, mas a maioria corria atrás das vacas restantes em vez de atacarem o templo.

Para que eles iriam querer pegar vacas?, pensou.

Os mugidos apavorados do gado se misturaram aos gemidos roucos dos zumbis à medida que estes se aproximavam dos animais dóceis. Atacavam de forma cruel e implacável, diminuindo depressa o HP deles, vários monstros atingindo as criaturas por todos os lados. Logo, porém, os animais malhados silenciaram... quando o último deles foi destruído. Sem mais gado para atacar, os zumbis pararam de gemer, viraram-se e correram de volta ao deserto.

— Não podemos deixá-los escapar! — gritou Gameknight. — Se eles contarem nossa localização, Herobrine estará aqui antes de estarmos prontos.

Sem esperar para ver se alguém o seguia, ele abriu uma fenda estreita na parede do templo e correu até a areia, a espada de diamante na mão direita, a de ferro na esquerda. Quando os aldeões no templo viram a cena, aplaudiram. De repente, todos começaram a correr pelo deserto, iniciando uma perseguição.

— Aonde vocês estão indo, hein, zumbis? — berrou Gameknight.

Um dos monstros ouviu e olhou por cima do ombro. A criatura soltou um grunhido empolgado quando viu o usuário solitário. Ele se virou para Gameknight999, e os outros monstros seguiram sua deixa. Qualquer um teria fugido diante da aproximação de uma dúzia de zumbis... mas não o Usuário-que-não-é-um-usuário. Sua mente estava tomada pela euforia do combate, e ele agia sem pensar, seu corpo se movendo por puro instinto. Gameknight avançou em direção ao zumbi líder.

— Não vou deixar você machucar meus amigos! — bradou. — *POR MINECRAFT!*

O zumbi se aproximou com suas garras escuras para golpear a cabeça de Gameknight, mas o Usuário- -que-não-é-um-usuário se abaixou e girou o corpo, rasgando o flanco do zumbi com a espada de ferro que empunhava. O monstro emitiu um brilho vermelho enquanto urrava de dor. Girando em um pé só, Gameknight acertou a fera com as duas espadas, acabando com todo seu HP.

Sem esperar para vê-lo desaparecer, seguiu para a próxima criatura. Avançando diretamente sobre ela, deu um pulo alto e acertou o monstro com todo o próprio peso, usando as duas espadas. O zumbi não teve chance nenhuma.

De repente, ouviu gemidos vindo de todos os lados. Olhando para a esquerda e para a direita, viu que zumbis vinham de ambas as direções, e um grupo de três avançava diretamente até ele.

Como vou lutar com todos ao mesmo tempo?

O medo percorria sua espinha enquanto ele apertava o punho das espadas. Então, um estranho zunido ressoou no ar do deserto. Pelo canto do olho, Gameknight viu a picareta de Escavador girar várias vezes antes de acertar um dos zumbis no ombro, nocauteando-o. Depois disso, uma chuva de flechas emergiu da escuridão. Suas hastes cintilantes cravaram nos monstros, fazendo-os recuarem um passo, emitindo um brilho vermelho repetidas vezes. Mais flechas emergiram da escuridão enquanto Gameknight investia contra o trio. Mas, antes que se encontrassem, ele percebeu que Pedreiro estava à sua direita, com a grande picareta a postos para o ataque, e Caçadora e Monet à sua esquerda. Atacaram os zumbis restantes enquanto os aldeões percorriam o campo de batalha, para acabar com qualquer possibilidade de fuga. Em segundos a batalha havia terminado... e todos os monstros tinham sido destruídos.

Gritos de euforia e aplausos brotaram na escuridão do deserto, os aldeões felizes por derrotarem os monstros sem perderem uma única vida. Gameknight, porém, não estava muito satisfeito. Havia um enigma ali que ele não conseguia entender.

O que você está querendo, Herobrine?, pensou. *Por que você precisa dessas vacas?*

Inspecionando o campo de batalha, viu esferas brilhantes de XP em todo lugar e pedaços de carne de zumbi pairando sobre o chão, flutuando para cima e para baixo como em um mar invisível. Mas em uma duna distante, no limite de sua visão, pensou ter visto alguém... ou alguma coisa, observando. Parecia um zumbi, com uma calça azul-escuro e uma camisa azul-claro desbotada, mas tinha algo de diferente. Parecia que havia algo em seu peito, algo amarelo. Forçando os olhos, ele quase pôde ver o contorno de algo que parecia um... girassol?

Por que um zumbi teria um girassol pintado na camisa?

Mas, logo que avistou o monstro, ele desapareceu.

Era real ou coisa da minha cabeça?, pensou. *Sei que estou cansado... mas parecia tão real e, ao mesmo tempo, impossível. Uma flor... em um zumbi?*

— Todo mundo, de volta para o templo! — ressoou a voz de Escavador.

Uma mão deu um tapinha nas costas de Gameknight. Ao se virar, ele viu o rosto sorridente de Caçadora e sua irmã, Monet, ao lado dela.

— Você gosta mesmo desse lance de duas espadas, não? — perguntou Caçadora. — Já pensou em deixar alguns zumbis para os outros?

Caçadora riu, mas ele não respondeu. Ainda estava olhando fixamente para a duna distante... confuso.

— Ei, você está ouvindo? — perguntou Caçadora.

— Hã... o quê? — disse ele.

— Eu falei desse lance das duas espadas — repetiu Caçadora. — Você parece...

—*TODOS DE VOLTA PARA O TEMPLO!* — gritou Escavador, a ordem quase fazendo a areia do deserto vibrar.

— Sim, devemos voltar — disse Monet, com uma flecha ainda preparada em seu arco. — Vamos!

Caçadora e Monet se viraram e seguiram de volta ao templo, deixando Gameknight ali, olhando para aquela misteriosa duna. Balançando a cabeça, ele se virou e seguiu os NPCs. Quando chegou ao templo, rodeou o perímetro, verificando os danos à estrutura. Havia bolas brilhantes de XP por toda parte, que estavam sendo capturadas pelos NPCs. Ele viu pedaços de carne crua flutuando acima do chão, sujando a área, mas nada do couro. Rodeando a estrutura, pegou a carne com cuidado, evitando os fétidos restos verdes dos zumbis.

— Por que fariam isso? — disse ele em voz alta, mas para si mesmo.

— Por que fariam isso? — perguntou alguém atrás dele.

Ao se virar, ele viu Artífice ao lado da entrada do templo, sua espada de ferro ainda na mão.

— Eles levaram o couro, Artífice. Por que fariam isso?

Balançando a cabeça, o jovem NPC examinava a destruição em volta do templo.

— Não sei — respondeu. — Não faz sentido.

— Bem, pelo menos impedimos que chegassem à aldeia — gritou Caçadora do alto da parede do templo.

— Sim, mas não sei se eles estavam mesmo indo para a aldeia — disse Artífice. — Talvez tenham sido atraídos pelo nosso gado e não por lá.

— Isso é ridículo — rebateu Caçadora enquanto se movia para perto da entrada. — Tudo o que os zumbis querem fazer é destruir, seja gado ou aldeões... É da natureza deles. Eles deviam ser exterminados.

— CAÇADORA! — repreendeu Costureira. — Violência não é sempre a solução.

— Quando se trata de monstros, é sim — respondeu a irmã mais velha. Ela se virou e encarou Gameknight999. — Vamos para aquela aldeia lá.

— Não, não à noite — negou. — Descansaremos aqui hoje e iremos pela manhã.

— Um plano sábio — comentou Artífice.

Todos voltaram ao templo; Gameknight ficou no exterior até ter certeza de que ninguém fora deixado de fora. Ao se dirigir para a porta, ele viu Pastor de joelhos, olhando para o local onde antes estava seu gado. Notou pequenas lágrimas quadradas escorrendo pelo rosto magro do jovem. Ao colocar a mão no ombro do rapaz de maneira consoladora, Gameknight se ajoelhou ao lado dele.

— Por que fariam isso? — perguntou Pastor ao encarar Gameknight999. — Eram apenas animais inocentes. Eles não tinham nada a ver com essa guerra insana.

— Não sei, Pastor — respondeu Gameknight. — Mas pode ter certeza, vamos descobrir. Agora, venha; temos que entrar no templo e dormir um pouco.

Ali de pé, Pastor olhou para seu ídolo e depois limpou o rosto com a manga suja. Cabisbaixo, voltou ao templo, com Gameknight999 seguindo logo atrás. Depois de fechar a porta com blocos de terra, foi até um dos buracos de arqueiro e olhou uma última vez para a duna onde tinha visto aquele zumbi solitário.

Tenho certeza de que vi algo amarelo na camiseta dele, mas por que seria amarelo? A menos que...

Um turbilhão de possibilidades rodava na cabeça dele enquanto refletia sobre o que tinha visto. Gameknight queria pensar sobre cada uma delas, mas estava muito cansado. Bocejando, achou uma cama que alguém tinha feito e se sentou. Do outro lado do templo, viu Escavador e gesticulou para que o grande NPC se aproximasse.

— De que o Usuário-que-não-é-um-usuário precisa? — perguntou Escavador.

— Há uma câmara sob este chão — explicou Gameknight. — Se fizer outra daquelas suas escadas em espiral, você consegue descer lá. Há uma placa de pressão que está conectada a blocos de TNT. Se romper o circuito de redstone, você poderá levar a placa e todo o TNT.

— Vamos cuidar disso — disse Escavador enquanto pegava sua poderosa picareta.

— Tem mais — disse Gameknight, tocando o braço musculoso de Escavador. — Há quatro baús com tesouros. Tenha cuidado e procure por armadilhas, mas devemos ser capazes de conseguir alguns diamantes lá. Você deve usar uma picareta de diamante... e os encantamentos para a espada do Artífice.

— Pode deixar comigo — disse Escavador, e correu para dar as ordens.

Gameknight deitou a cabeça no travesseiro enquanto ouvia os sons da escavação; seus olhos cada vez mais pesados.

Queria estar em casa e não preso aqui, pensou. *Se ao menos meu pai estivesse em casa. Ele saberia como nos ajudar e nos tirar daqui sem deixar Herobrine fugir. Se ao menos ele estivesse em casa... se ao menos ele estivesse em casa.*

Então, finalmente, Gameknight999 perdeu a batalha contra o cansaço e adormeceu.

CAPÍTULO 6
ESPIÕES ALADOS

Herobrine se materializou em uma grande câmara subterrânea. Seus olhos brilhantes iluminavam o ambiente com uma luz perturbadora, lançando sombras estranhas nas paredes de pedra. Ele percebeu que aquela não era a caverna pela qual buscava. O malvado artífice de sombras se transportou para outra grande caverna e, no mesmo instante, percebeu que estava no lugar certo.

Ao seu redor, ouvia os guinchos e o som do bater de asas dos morcegos. Deixando que seus olhos brilhassem intensamente, ele iluminou a caverna com o semblante carregado de ódio. O local não era grande como a cidade zumbi ou um covil de aranha, mas ainda assim tinha um tamanho considerável. Com cinquenta blocos de extensão, apesar da largura imensa, parecia um espaço apertado. O teto tinha apenas 12 blocos de altura e, comparado ao tamanho da caverna, parecia baixo, fazendo com que Herobrine se curvasse.

Um veio de água jorrava por um buraco na parede e caía no chão da caverna, formando um lago que se estendia por metade da caverna. Em volta do lago voavam morcegos, talvez uma centena deles. Eles sobrevoavam toda a caverna e mergulhavam na água, várias vezes, conferindo seus preciosos tesouros no fundo do lago raso.

Teleportando-se para a margem do lago, Herobrine observou atentamente a água fria. Viu o fundo forrado com ovos marrons, cada qual salpicado com pequenas manchas pretas. Havia provavelmente uma centena deles, uns maiores que outros, os maiores prontos para eclodir. Aquela caverna era uma das principais incubadoras para os morcegos naquele servidor. Assim que as criaturas minúsculas saíam, batiam as asas através dos túneis e passagens subterrâneas até se espalharem por toda a paisagem digital. Como o tempo de vida de morcegos era naturalmente curto, aquela coleção de ovos era importante para a espécie. Essas sementes com manchas garantiriam um fluxo consistente de morcegos em todo o servidor, mantendo um equilíbrio de criaturas.

Mas Herobrine não precisava de equilíbrio... precisava de quantidade.

Enfiando as mãos na água fria, ele reuniu seus poderes de artífice. Logo sua mão começou a emitir um brilho amarelo pálido, e a água do lago ficou toda salpicada com bolhas mágicas da mesma cor. Nas profundezas, ele via os ovos começarem a eclodir. Os morcegos na caverna guinchavam agitados conforme minúsculas criaturas recém-nascidas lutavam para sair da água e voar. Aqueles mais fracos devido à incubação prematura simplesmente afundavam, seus corpos emitiam um brilho vermelho. Muitos dos adultos mergulhavam na água, tentando ajudar os debilitados a chegar à superfície, mas apenas aqueles que tinham sido fortes o suficiente para voar para fora do lago sobreviveram.

Vários dos pequenos morcegos morreram, mas Herobrine não se importava. Ele precisava daquelas criaturas naquele exato instante e se recusava a esperar. Assim que o último dos ovos eclodiu, Herobrine parou e admirou aquele enorme grupo de morcegos. Era como se a caverna estivesse de repente repleta de uma esvoaçante névoa negra de olhinhos vivos e asas agitadas. Mal havia espaço suficiente para que todos voassem ao mesmo tempo. Alguns tinham pousado nas paredes e no teto, dando a impressão de que a caverna inteira estava coberta com criaturas vivas, respirando. Mas, mesmo com toda aquela multidão, nenhum se aproximava de Herobrine. Todos o temiam, fazendo com que o artífice das sombras sorrisse.

— Venham, meus filhos... para a superfície — chamou Herobrine, a voz enchendo a caverna com ecos, seus olhos brilhando intensamente.

Ele se teleportou para a entrada do túnel que levava àquela profunda incubadora subterrânea e ficou ao lado do portal. Enquanto esperava, seus olhos brilhavam cada vez mais, e os pensamentos sobre seu inimigo, Gameknight999, fluíam em sua mente.

Logo, os morcegos começaram a emergir. Seus pequenos olhos vermelhos observavam Herobrine com atenção enquanto saíam pelo portal, permanecendo juntos em uma compacta esfera esvoaçante. Formaram uma bola gigante e ondulante de asas pequenas e olhinhos vivos que aumentava de tamanho conforme o resto da colônia se amontoava no céu noturno.

— Vocês serão meus olhos e ouvidos neste servidor — gritou Herobrine para os morcegos. — Eu ordeno que encontrem meu inimigo e os amigos dele. Vocês continuarão a procurá-los sem interrupção enquanto ainda puderem respirar. — Seus olhos brilhavam intensamente. — Se falharem comigo, todas as criaturas das trevas estarão em risco!

Os morcegos soltaram guinchos agitados à medida que voavam ainda mais rápido, seus pequenos olhos emitindo um brilho vermelho odioso.

— Gameknight999 fez isso a vocês... ele é tão inimigo de vocês quanto meu — mentiu Herobrine. — Ele deseja destruir todas as criaturas das sombras e deixar Minecraft só para os NPCs. Vocês podem me ajudar a defender nossas vidas contra essa ameaça. Se falharem, o Usuário-que-não-é-um-usuário destruirá todos vocês. Os seus filhos e os filhos dos seus filhos serão aniquilados se vocês não conseguirem cumprir a missão. Não poupem nada, nem mesmo as vidas deles. *AGORA, VÃO!*

Os morcegos guincharam alto e voaram para todas as direções. Para Herobrine, parecia uma enorme nuvem negra fluindo pela paisagem. A nuvem se dispersou conforme as asinhas batiam furiosamente, os morcegos se espalhando para todos os lados. Herobrine via os brilhantes olhos vermelhos das criaturas cheios de ódio, inspecionando cada fenda e cada colina obscura, procurando pelo inimigo... Ótimo!

Herobrine juntou as mãos e soltou uma maníaca risada maléfica enquanto os morcegos sumiam a distância.

—E esta é apenas *uma* incubadora — disse ele em voz alta, para ninguém. — Quando eu for a todas elas, terei morcegos em toda parte à sua procura, meu amigo. Não há onde você possa se esconder de mim, Usuário-que-não-é-um-usuário.

Ele então riu mais uma vez enquanto se teleportava para a próxima incubadora, seus odiosos olhos brilhantes lentamente desaparecendo na escuridão.

CAPÍTULO 7
SONHOS

Gameknight subitamente se sentou na cama. Pensou que tinha ouvido algo, mas percebeu que estava sozinho. Ao seu redor, havia um redemoinho de neblina prateada, que o envolvia em um abraço frio e úmido. Instantaneamente ele soube onde estava... a Terra dos Sonhos. Espreitando nas profundezas do nevoeiro que se elevava, viu os amigos em volta, dormindo. Todos se aconchegavam embaixo de cobertores vermelhos, suas cabeças quadradas deitadas em travesseiros branquinhos.

De pé, ele encarou a parede do templo e viu que era quase transparente. Subindo para os blocos de arenito, o Usuário-que-não-é-um-usuário estendeu a mão, que atravessou o bloco como se ele não estivesse lá e atravessou a lateral do templo para sair para o deserto... mas algo na neblina prateada estava diferente. Viu pequenas bolhas azuis flutuando pelo nevoeiro cinza.

O que é isso?, pensou. Bolhas... algo está errado!

Antes que pudesse entender o que eram, uma voz percorreu a neblina prateada, como se estivesse seguindo na névoa.

—Você só pode conquistar aquilo que imagina ser capaz de conquistar — disse uma voz áspera e envelhecida.

—Oráculo... você está aqui! — exclamou.

—Sim, Usuário-que-não-é-um-usuário, estou aqui... Sempre estive.

A música de Minecraft soou pela Terra dos Sonhos, tomando conta do cenário nebuloso com lindos sons que acalmaram os medos de Gameknight. Naquele momento, Gameknight999 percebeu que a Oráculo sempre estivera presente em sua mente. Ela era a música de Minecraft. Com toda a experiência que tinha no jogo, ele sabia que nem sempre dava para ouvir a música; ela vinha e ia. Agora ele se dava conta de que a Oráculo sempre estivera por ali, de alguma forma, nos bastidores... observando.

—Isso mesmo, Usuário-que-não-é-um-usuário — disse a Oráculo, sua voz surgindo de todas as direções. — Eu observo todos os usuários quando estão jogando, para ter certeza de que Herobrine não vai infectar nenhum. Antes, quando você ouvia minha música, significava que ele estava perto. Eu fui projetada para manter Herobrine dentro do jogo e não permitir sua fuga, mas também para proteger aqueles que ele poderia prejudicar.

Movendo-se adiante, Gameknight andou pelo deserto e viu que o bioma estava vazio. Os únicos habitantes eram os solitários cactos verdes; as plantas espinhosas vigiavam a terra estéril. Tentando encontrar a Oráculo, ele se moveu na velocidade do pensamento através da Terra dos Sonhos. Em um instante, estava no bioma dos campos, depois em um bosque de eucaliptos, depois no bioma das planícies de gelo, depois atravessando com dificuldade por um pântano denso com uma cabana de bruxa visível ao longe. Para onde quer que ele viajasse, podia ouvir a música de Minecraft envolvendo-o... estava em todos os lugares, ainda que a Oráculo não estivesse em nenhum.

— Onde está você agora? — perguntou, enquanto caminhava por um bioma laranja e marrom de planaltos.

Olhando em volta, o Usuário-que-não-é-um-usuário ficou maravilhado com os pilares de terra cheios de degraus que se erguiam altos e silenciosos por todo aquele belo bioma. As faixas formadas por cores como bronze, marrom claro e laranja davam à paisagem uma aparência particularmente calmante, como se esses tons suaves pudessem, de alguma maneira, interromper a violência que estava tomando conta de Minecraft.

— Você está bem? — perguntou ele. — O que aconteceu quando Herobrine voltou?

— Aquela criança mimada finalmente descobriu como invadir meu templo. Ele destruiu a minha amada casa... não sobrou nada, só ficou uma cratera fumegante onde antes eu morava.

— Isso aconteceu comigo uma vez; sei como é difícil... sinto muito, mas pelo menos você escapou.

— Eu não escapei — disse a Oráculo com uma voz calma e áspera. — Eu fiquei perante Herobrine novamente, e ele usou sua espada de diamante contra mim.

— Quer dizer que ele matou você?

— Não, filho, ele não entende o que eu sou. Ele achava que o corpo à frente dele era a Oráculo, mas não passava de uma extensão do meu ser. Eu sou o programa antivírus que foi projetado para mantê-lo dentro do jogo e lentamente destruí-lo. Eu sou muito maior do que ele imagina.

— Por que então não acabar com ele de uma vez? — perguntou Gameknight.

— Ele está muito bem enraizado no jogo para ser atacado diretamente — explicou Oráculo. — Haveria o risco de destruir Minecraft por inteiro. Não, meu objetivo era retardar sua disseminação e cuidar dos usuários e NPCs. A Oráculo era apenas o menor pedaço do meu ser. Eu sou a música que você ouve durante o jogo. Esse é o meu verdadeiro eu... o código de computador que supervisiona o funcionamento de Minecraft. Herobrine, aquele mimado, pensa que me destruiu, mas não entende quase nada... nada além de violência e destruição.

— Mas como posso pará-lo? — quis saber Gameknight, enquanto seguia daquele ambiente encantado para o bioma misterioso e denso da floresta.

Olhando para o alto, para a copa das árvores, ele se teleportou para o topo delas. Ao seu redor, as folhas das árvores se espalhavam por todas as direções. De vez em quando, um cogumelo vermelho gigante mostrava sua face carmim no meio do carpete verde que fluía pela paisagem. Buscando em seu inventário, pegou o ovo rosa e o segurou em suas mãos.

— Eu ainda não sei como usar esta arma... por favor, me diga o que fazer —implorou. — A vida de todos depende de que eu faça a coisa certa. Você tem que me ajudar!

— Gameknight, você deve descobrir isso por conta própria, para tomar a decisão correta no momento certo. Se eu lhe contar muito, vou alterar o que deve acontecer. Demorou cem anos para que obtivéssemos a sequência certa de acontecimentos e que Herobrine finalmente pudesse ser derrotado. Se eu falar demais, vou alterar tudo, e há muita coisa em jogo. Tudo o que posso fazer é ajudar você a encontrar a coragem e a sabedoria de que vai precisar para fazer o que é necessário.

— Coragem... — desdenhou Gameknight ao se mover da floresta para um bioma de selva. Ele viu jaguatiricas à sua volta e se sentiu tranquilo; não havia creepers por perto. — Não me lembro da última vez em que me senti corajoso. Eu luto porque não tenho escolha, não porque sou corajoso. Na verdade, sinto medo o tempo todo.

— Não confunda medo com fraqueza — disse a Oráculo. — Só um tolo não sente medo em batalha. O modo como lidamos com esse medo é o que realmente importa. Um covarde se deixa consumir pelo medo e faz com que outras pessoas sofram por isso. Um herói enfrenta o seu medo, reconhece-o e depois faz o que precisa para proteger aqueles ao seu redor.

— Isso é ótimo, mas me diga como encontrar a força e a sabedoria que preciso para enfrentar Herobrine novamente.

— Encontre o antigo *Livro da Sabedoria* — explicou Oráculo — *Antigamente, ele ficava no meu templo, mas Herobrine conseguiu roubá-lo muitos anos atrás. Ainda posso sentir sua presença, mas cabe a você encontrá-lo... e sobreviver. É bem provável que esteja protegido pelas criaturas mais cruéis e perigosas.*

— *Onde está o livro?* — perguntou Gameknight.

— *Está na mais antiga das construções, mais velha que o templo em que nos conhecemos.*

— *Onde é esse lugar?*

— *Não posso dizer com certeza. Mas só existe um bioma onde não olhei, então deve ser lá* — explicou Oráculo.

— *Onde... que tipo de bioma estamos procurando?*

— *O Fundo do Oceano* — afirmou a Oráculo.

— *Oceano... como pode haver um templo no oceano? Pensei que seria um templo na selva ou talvez no deserto.*

— *Não, esse templo, apesar de ter se tornado visível apenas recentemente para os usuários, está escondido em Minecraft desde sua criação. O templo que você procura é um Monumento Oceânico e fica embaixo d'água.* Mas você deve ter cuidado, pois monstros terríveis protegem o Monumento, e o pior deles, o Guardião Antigo, estará protegendo o Livro da Sabedoria.

Gameknight já tinha ouvido algo sobre Monumentos Oceânicos. Eles haviam *estado no snapshot 14w25a*, mas ele não tinha se preocupado em dar uma olhada; apenas lera poucos detalhes pela internet.

— Nenhum usuário ou NPC sobreviveu ao Guardião Antigo. Você deve ser esperto e corajoso, pois a menor hesitação o levará a derrota. E, se isso acontecer, ai de nós.

— Pode me dizer mais alguma coisa? — perguntou Gameknight. — Como vou destruir o Guardião Antigo?

— Você deve ser criativo e fazer o que Herobrine não espera — orientou a Oráculo —, pois o Guardião Antigo está esperando. Quando você entrar no Monumento, estará no domínio do Guardião, e a vantagem será toda dele. Mas você deve se apressar. Herobrine está trazendo monstros dos outros servidores para cá. Está desestabilizando a pirâmide de servidores e ameaçando a existência de todos. Só o Usuário-que-não-é-um-usuário pode resolver este enigma e sobreviver; se você não for capaz... tudo está condenado... condenado... condenado...

Sua última palavra ecoou por toda a Terra dos Sonhos, como a batida fria de um tambor fúnebre. Quando Gameknight ia fazer à Oráculo uma última pergunta, alguém segurou seu ombro e o chacoalhou, afastando-o lentamente da Terra dos Sonhos e trazendo-o de volta ao mundo desperto. Conforme a névoa prateada se dispersava, ele pensou ter visto algo na neblina. Era um retângulo alto e marrom, composto de dez partes individuais, sendo que quatro das superiores estavam vazias.

Lentamente, ele reconheceu o objeto... mas não entendeu. Era uma dica da Oráculo, ou algo de suas experiências anteriores em Minecraft? Ele não tinha certeza, mas como a Terra dos Sonhos ia desapare-

cendo e o mundo desperto ficando sólido, ele sabia do que precisava, apesar de não saber por quê... ainda.

— Gameknight, você está acordado? — disse uma voz.

Ao abrir os olhos, ele viu sua irmã, Monet113, com seu cabelo azul fluorescente emoldurando o rosto quadrado e acrescentando um detalhe brilhante à sua armadura colorida.

— Gameknight, você está...

— Sim, estou acordado — confirmou.

— É de manhã; estamos indo para a aldeia — disse ela.

Ele se levantou e alongou os braços. Viu a luz alaranjada do amanhecer chegando através dos buracos que eles haviam feito nas paredes do templo.

— Vamos, Gameknight — disse Caçadora ao se aproximar. — Você vem ou está pensando em viver neste templo de areia para sempre?

— Estou indo, estou indo — respondeu ele, dirigindo-se para a porta.

Enquanto caminhava, percebeu, repentinamente, que a forma que tinha visto na névoa era uma porta. Mas ele ainda não entendia o que significava.

Portas... por que precisaríamos de portas?, pensou consigo mesmo.

Então a música de Minecraft invadiu sua mente e ele riu. Ao olhar para os outros NPCs, percebeu que todos tinham ouvido, o que provocou um sorriso de satisfação no rosto de todos.

Está bem, disse para si mesmo pensando na Oráculo. *Conseguirei portas, mesmo não entendendo como elas podem nos ajudar.*

Então outra imagem se materializou em sua mente. Era um grande cubo amarelo claro, uma estrutura de blocos coberta de espinhos roxos muito afiados. Atrás, ele viu uma cauda longa e segmentada com uma nadadeira comprida na ponta. Era algum tipo de criatura marinha assustadora. Ele viu apenas um olho de aspecto malvado, cujo centro era de um vermelho brilhante, em um dos lados daquele corpo enorme. O monstro lembrava o mítico Ciclope, como aquele com que Ulisses havia lutado.

Ele estremeceu.

A criatura era gigante, muito maior que Gameknight999, e parecia mais perigosa do que qualquer das criaturas monstruosas que Herobrine já tinha enviado contra ele até o momento. Era a Oráculo dizendo que ele teria que enfrentar essa monstruosidade? Ou seria a criatura sua aliada e o ajudaria em sua busca?

Qual das duas opções? pensou Gameknight, como se estivesse conversando com a Oráculo, mas só recebeu o silêncio como resposta.

Suspirando, deixou de lado as incertezas e seguiu seus amigos para a aldeia.

CAPÍTULO 8

XA-TUL

Herobrine se materializou em uma caverna subterrânea muito profunda. No mesmo instante, calor, fumaça e cinzas de lava invadiram seus sentidos. Dando um longo suspiro, ele sorriu. Pendurado no teto, à frente dele, estava o corpo enorme e fortíssimo de um zumbi coberto por uma cota de malha. Os pés da criatura estavam firmemente presos em uma teia de aranha que estava fixada no teto de pedra. O enorme monstro pendia sobre um pequeno poço de lava, cujo calor lentamente retirava o HP do zumbi musculoso. Uma fonte verde e cintilante de HP brotava de uma parede próxima, esguichando um líquido vivificador verde-esmeralda fora do alcance do monstro torturado.

Movendo-se em volta do corpo pendurado de cabeça para baixo, Herobrine inspecionava sua criação. Xa-Tul viu seu Criador e o olhar de desamparo em seu rosto deu lugar a outro de firme determinação.

— O Criador voltou para libertar Xa-Tul? — perguntou o rei dos zumbis.

Herobrine andou lentamente em direção ao poço de lava; o calor e a fumaça da pedra derretida eram deliciosos. O elmo dourado de Xa-Tul, sua coroa de garras, estava precariamente equilibrado na borda de um bloco. O solavanco mais leve ou a menor vibração levaria a coroa dourada para dentro daquela massa fervente de pedra.

— Você me decepcionou em sua luta com o Usuário-que-não-é-um-usuário. — disse Herobrine. — Você se deixou derrotar, e nenhum fracasso será tolerado. Preciso ter certeza de que realmente aprendeu a lição.

Herobrine circulava o rei dos zumbis e viu que o monstro estava quase morto. Ele estava à beira de desaparecer no vazio; a única coisa que o mantinha vivo eram as ocasionais faíscas verdes da fonte de HP próxima. Não há nada mais torturante do que ter a salvação próxima, mas fora do alcance. Isso fez Herobrine sorrir.

— Aprendeu a lição, zumbi? — perguntou Herobrine, seus olhos brilhando com intensidade perigosa.

Xa-Tul concordou com a cabeça vigorosamente, ainda que a teia de aranha tornasse qualquer movimento difícil.

— Se eu não tivesse aparecido no final da batalha, o Usuário-que-não-é-um-usuário teria destruído você. É uma vergonha que não vou tolerar novamente... entendido?

Xa-Tul voltou a assentir, seus olhos vermelhos cheios de sinceridade.

— Xa-Tul vai fazer como o Criador ordena e não falhará.

— Muito bem — aprovou Herobrine.

Pegou um balde de água em seu inventário e o mergulhou na borbulhante poça de lava. Instantaneamente, o líquido laranja brilhante se solidificou, formando uma obsidiana negra. Herobrine, então, com sua espada de diamante, cortou as teias que mantinham o rei dos zumbis pendurado. Depois do último pedaço de teia cortado, Xa-Tul caiu pesadamente no chão e emitiu um brilho vermelho, com o HP perigosamente perto de zero. Ele se arrastou até a fonte próxima de HP e deitou-se no chão, enquanto as faíscas verdes caíam sobre seu corpo e o revitalizavam, trazendo-o de volta da beira da destruição. Assim que seu HP voltou a estar cheio, o rei dos zumbis levantou-se e, então, se moveu em direção aos blocos de obsidiana. A cota de malha tilintava enquanto ele andava, seus passos ressoando através da pedra preta e roxa. Abaixando-se, o rei dos zumbis pegou a coroa de garras. Após colocar o objeto quente de metal na cabeça, a criatura se virou e encarou seu mestre.

— Xa-Tul está pronto para as ordens do Criador — disse o rei dos zumbis com uma voz gutural, animalesca.

Herobrine caminhava para um lado e para o outro perante o enorme monstro. Olhando para sua criação, soube que Gameknight999 derrotaria Xa-Tul caso os dois se enfrentassem em uma batalha, especialmente agora que seu inimigo tinha aprendido a lutar com duas espadas ao mesmo tempo, assim como aquele ferreiro fizera muitos anos atrás. Ele precisava de algo para ajudar seu rei dos zumbis, mas sabia que isso poderia não fazê-lo mais forte... e certamente não mais inteligente. Foi então que uma ideia ocorreu a Herobrine.

— Xa-Tul, eu vou lhe dar aliados para ajudá-lo a derrotar nossos inimigos — disse Herobrine. — Vou criar três outros reis para agirem sob seu comando. Vocês serão meus quatro reis... os quatro cavaleiros do apocalipse, que levarão a destruição ao exército de NPCs.

— Xa-Tul não precisa de cavalo — resmungou o rei dos zumbis.

Os olhos de Herobrine brilharam com raiva, fazendo com que Xa-Tul abaixasse a cabeça.

— A guerra é uma arte, seu tolo, e precisa ser feita com estilo — disse Herobrine. — Isso vai deixar o Usuário-que-não-é-um-usuário com mais medo e tornar mais fácil lidar com ele quando a Batalha Final chegar.

— Perdoe Xa-Tul — disse o zumbi.

— Apenas cale a boca!

Herobrine desapareceu da caverna, depois reapareceu com um cavalo cinza em uma corda. Colocou um poste no chão longe da fonte de HP, amarrou o cavalo e se teleportou para o outro lado da câmara. Pegando um zumbi, se materializou ao lado do cavalo.

— Obrigado por se voluntariar — disse Herobrine para o zumbi, e em seguida golpeou-o com sua espada de diamante.

Instantaneamente, o zumbi caiu no chão, com o HP quase consumido. Herobrine fez o mesmo com o cavalo, deixando-o à beira da morte. Colocou as duas criaturas juntas e, usando seus poderes de artífice, combinou-as em uma única. Enquanto trabalhava, suas mãos irradiavam uma luz amarela, pálida e doentia, que parecia contaminar os dois corpos. Lentamente, as duas criaturas se fundiram em uma nova forma, que era maior e mais verde que antes.

Quando terminou o trabalho, arrastou sua criação até a fonte de HP. Conforme as faíscas brilhantes dançavam pelo corpo e revigoravam a força vital dele, a nova criatura se levantou lentamente sobre as quatro patas fortes. Perante Herobrine agora havia um enorme cavalo-zumbi, os olhos negros como breu, com pupilas vermelhas ardendo por dentro. Sua pele tinha a mesma aparência verde e doentia da dos outros zumbis, com retalhos de carne em decomposição pendurados aqui e ali. Pegando a corda que ainda estava amarrada ao pescoço do animal, Herobrine levou-o em direção a Xa-Tul.

— Esta é a sua montaria — explicou Herobrine. — Você vai se certificar de que os NPCs do Mundo da Superfície o vejam montado nela, pois isso causará medo em seus corações.

— Como o Criador ordenar — disse Xa-Tul, enquanto montava o animal.

Ao se virar, Herobrine viu zumbis se aproximando, vindos da cidade próxima, localizada naquela enorme câmara. Seus gemidos tristes ecoaram pelas paredes de pedra. Eles sentiram a presença de Herobrine e vieram, prontos para ouvir as ordens de seu mestre. Ele esperou que o grupo de criaturas em decomposição se reunisse mais perto, então colocou um bloco de pedra no chão e depois outro, até estar mais alto que todos. Com um brilho intenso em seus olhos, virou-se e encarou a horda, falando para Xa-Tul, mas também para a multidão.

— Esta é sua missão, rei dos zumbis — explicou Herobrine. — Junte todos os zumbis aqui desta cidade. Removam as paredes usando creepers para que o tamanho da caverna aumente em dez vezes. Use quantos creepers forem necessários, pois não vamos precisar deles na Batalha Final por Minecraft. Vá até outros servidores e traga todos os zumbis para cá. O maior exército zumbi de todos os tempos será reunido. Assim que eles estiverem aqui e meus aminguinhos tiverem encontrado o Usuário-que-não-é-um--usuário, eu vou levar todos até nosso inimigo. Vamos destruir seus amigos NPCs e depois vamos destruí-lo.

Ele se inclinou para perto do rei dos zumbis.

— Meus mensageiros alados estão procurando o Usuário-que-não-é-um-usuário e seu bando. Quando os acharem, os morcegos irão informá-lo. Eu quero que você o castigue um pouquinho, eliminando alguns de seus amigos. — Herobrine então encarou Xa--Tul, seus olhos malvados brilhando intensamente. — Desta vez, não haverá erros. Entendido?

O rei dos zumbis assentiu.

— Também trouxe uma segunda missão. Zumbis, eu ordeno que saiam e consigam todo o couro que puderem. Já enviei essa mensagem a muitas cidades zumbis neste servidor, mas precisamos de mais. Procurem as vacas e recolham seu couro, pois precisaremos de tudo o que pudermos obter. Usem os portais zumbi e ordenem que as outras cidades zumbis façam o mesmo; precisamos conseguir cada pedaço de couro que encontrarmos. — Ele parou por um instante e deixou que seus olhos faiscassem intensamente, alertando-os que falhar em obedecer suas ordens significava a morte. — Agora, vão... tenho outros para reunir. Mas logo o mundo de NPCs tremerá de medo do exército que irei criar. E, com aquela velha fora de cena, posso avançar livremente e não há nada que possa me deter. Os Quatro Cavaleiros e seus exércitos vencerão os NPCs na Batalha Final por Minecraft, e eu terei a minha vingança contra o Usuário-que-não--é-um-usuário e aqueles no mundo físico!

Ele soltou uma risada maníaca que fez todos os zumbis tremerem de medo, então se teleportou para longe. Seus olhos brilhantes foram a última coisa a desaparecer.

CAPÍTULO 9
TALHADOR

s NPCs atravessaram a maior parte da manhã em silêncio. O calor massacrava a todos, deixando-os em um estado de submissão silenciosa. Entretanto, conforme o sol se levantava, o ânimo deles também crescia. Gameknight caminhava com Enchedora em seus ombros, e seu pequeno corpo era mais uma alegria do que um peso a suportar. Próximo a ele vinha Talhador, com Tampador sentado ereto e orgulhoso em seus ombros robustos. Os jovens irmãos tomaram para si o trabalho de servir como sentinelas para a comunidade e levavam a sua responsabilidade a sério. Eles vasculhavam a paisagem chamuscada pelo sol em busca de ameaças, enquanto o grupo andava pelo deserto vazio.

Dando as costas ao templo, eles se dirigiram para a distante aldeia, com sua alta torre de vigia pouco visível através da névoa do deserto.

— Eu nunca estive em uma vila no deserto antes — disse Gameknight. — Apenas naquelas que existem nas planícies ou na savana. Essa é a primeira vila no deserto que eu exploro.

—Não vai ser tão empolgante — explicou Talhador.

—É como qualquer outra aldeia. Eu sei disso; a minha era uma vila no deserto antes de ser destruída.

—O quê? — exclamou Monet, andando logo atrás.

—A sua aldeia foi destruída? — perguntou Artífice, andando ao lado do NPC robusto.

Talhador confirmou solenemente com a cabeça, depois levantou a mão com os dedos bem esticados. Lentamente, fechou-a em um enorme punho, apertando firme, fazendo uma saudação aos mortos. Depois, abaixou a mão e segurou a perna fina de Tampador novamente.

—Por favor, nos conte o que aconteceu — disse Artífice.

Talhador suspirou.

—É difícil — falou, com a voz embargada de emoção. — Sabe, foi minha culpa... foi tudo minha culpa.

—Isso não pode ser verdade — disse Monet. — Uma pessoa não pode ser responsável por todo um vilarejo. Conte-nos o que aconteceu.

Ele suspirou de novo, então lentamente concordou com a cabeça.

—Eu estava trabalhando em um Templo da Selva próximo quando eles vieram. Ouvimos um estrondo distante e pensamos que era um trovão, mas percebemos que não havia nuvens no céu... então continuei trabalhando. Mas o estrondo foi ficando mais alto e começou a acontecer com mais frequência... foi estranho. Os guerreiros que estavam comigo no templo foram investigar. Um deles, Lenhador, tentou me convencer a ir com ele. "Venha!", disse ele. "Há algo errado; temos que verificar e ter certeza de que a aldeia está segura." Mas eu recusei, porque sabia que nada poderia prejudicar minha aldeia.

— Como você podia saber que sua aldeia estava segura se não podia vê-la? — perguntou Monet.

— Porque eu construí a muralha que a circundava — respondeu Talhador. — Eu cortei cada pedra à mão, moldei cada bloco para que eles se encaixassem com perfeição. Os lados estavam perfeitamente verticais, os topos, perfeitamente planos. Todas as peças se encaixavam tão bem que nem mesmo um morcego se espremendo poderia passar pela muralha. E, apenas por segurança, fiz duas camadas de espessura. Nem mesmo um creeper poderia abrir um buraco nela.

Um olhar de orgulho brotou no rosto de Talhador quando ele pensou na muralha, sua obra-prima. Mas, então, seus olhos se entristeceram.

— Então, em vez de garantir a segurança da minha aldeia, fiquei no templo para trabalhar na minha *arte*! — Ele cuspiu a palavra como se fosse veneno. — Sabe, eu estava tentando fazer o maior Templo da Selva já visto em Minecraft. Seria uma obra tão imponente que ninguém, usuário ou NPC, ousaria entrar nele, pois seria muito espetacular o conhecimento para meros mortais. E, depois que eu tivesse terminado — ele parou para limpar uma lágrima de seu olho —, todos saberiam que Talhador havia construído aquela estrutura magnífica e que eu era o maior escultor de Minecraft. — Ele fungou enquanto mais lágrimas corriam pelo seu rosto quadrado. — Como fui patético.

— Não há nada de errado em querer ser o melhor, Talhador — disse Tampador, no alto dos grandes ombros do NPC.

—Há sim, quando o ego assume o lugar da responsabilidade!

—O que você quer dizer? — perguntou Gameknight.

Talhador se virou e olhou para o amigo. Suas lágrimas escorriam do queixo e molhavam a túnica cinza, criando manchas úmidas onde a poeira do deserto se acumulava. Seus olhos cinza-pedra encaravam Gameknight com uma tristeza tão profunda que fizeram o Usuário-que-não-é-um-usuário desviar o olhar.

—Naquele momento, tudo o que eu queria era trabalhar no meu templo, não porque eu estava fazendo isso para Minecraft, mas porque estava fazendo para mim... para mim mesmo! — Talhador virou a cabeça e olhou para todos em volta dele, observando, então, a aldeia a distância. Estavam chegando perto, logo alcançariam o destino. — Deixei meu desejo de ser famoso interferir na minha responsabilidade.

—Qual era sua responsabilidade? — perguntou Gameknight.

—Manter a minha aldeia segura — disse Talhador em voz alta, como se estivesse afirmando alguma verdade universal. — Manter minha esposa e meu filho em segurança... para manter as esposas e filhos de todos a salvo! Eu construí uma muralha supostamente feita para proteger todos na minha aldeia, mas em vez de estar lá para ter certeza de que iria funcionar, eu estava tentando construir um templo estúpido só para satisfazer meu ego.

—Talhador... o que aconteceu? — perguntou Artífice.

— A muralha falhou — respondeu em voz baixa, quase uma lamúria. — Os monstros conseguiram rompê-la e entrar na aldeia. O barulho que ouvi não era um trovão... eram creepers, muitos deles.

— Mas você não pode ser culpado por isso — disse Monet, colocando a mão no ombro do NPC de maneira reconfortante. — Uma muralha não resolve tudo. Tenho certeza de que havia outras defesas para ajudar a parar os monstros.

— Você não entende! — retrucou ele. — Eu era tão arrogante e confiante em relação à minha muralha que convenci nosso artífice a não construir outras defesas. Eu disse a ele que nada poderia passar da minha muralha, nem mesmo um creeper.

— Mas você não tinha imaginado que pudessem ser vinte creepers, tinha? — perguntou Caçadora.

Talhador virou a cabeça para olhá-la, irritado com a acusação... mas imediatamente viu nos olhos dela que não era uma acusação e sim, compaixão.

— Eu também perdi minha aldeia para os monstros — disse Caçadora — e não estava lá para protegê--los com meu arco. Estava caçando em vez de estar em casa. Mas a verdade é que não precisávamos da comida. Havia o suficiente por um tempo, e eu poderia ter ficado em casa com minha família, mas estava na floresta, testando minhas habilidades. — Ela fez uma pausa quando uma lágrima escorreu por sua bochecha até atingir um dos cachos vermelhos, um que pairava perto do seu rosto. — Eu também deixei meus amigos e minha família na mão.

Ela se moveu para a frente, para andar próximo a Talhador, deixando que seu braço encostasse no grande NPC, um toque que demonstrava apoio. Talhador olhou para ela e inclinou a cabeça.

— Caçadora está certa: eu não tinha imaginado que pudessem ser vinte creepers — continuou Talhador. — Quando terminei o trabalho naquele dia, voltei para a aldeia. Cheguei à beira da selva, esperando avistar minha fabulosa muralha... mas tudo o que vi foi fumaça e uma cratera enorme onde antes havia a aldeia. Eles tinham destruído tudo, exceto a muralha! Eu vi onde eles a romperam, mas, uma vez dentro, nada pôde detê-los. Corri o mais rápido que pude para ver se havia algum sobrevivente... mas só achei um. Era Lenhador, o guerreiro que estava comigo no templo. Ele estava apoiado na muralha que criei, cheio de dor. Estava gravemente ferido, e notei que não conseguiria sobreviver até o dia seguinte. Ele disse que viu tudo da orla da selva. Um enorme exército de monstros chegou à nossa aldeia: creepers, zumbis, aranhas, mas também monstros do Nether. Os creepers chegaram primeiro. Mas, como não havia torres de arqueiros... por *minha* causa... eles conseguiram chegar até a muralha com facilidade e a explodiram. Alguns guerreiros atiraram do alto da muralha, mas as chamas impediam que fossem muito eficazes. Primeiro, dois dos monstros verdes subiram correndo a muralha e a explodiram, depois mais dois, e mais dois... aos poucos, foram arrancando pedaços da fortaleza até ela desmoronar. Então o restante invadiu a aldeia e destruiu tudo. As chamas queimaram todas as casas. Não sobrou nada. Felizmente, a maioria estava vazia; a maior parte dos NPCs tinha fugido para a câmara dos artesãos, inclusive minha família. Porém, quando terminaram de destruir as casas, os creepers atacaram a torre de vigia. Eles a explodiram, abrindo uma enorme cratera no chão, que expôs o túnel secreto. Lenhador disse que foi quando o ghast apareceu. Ele contou que foi a maior coisa que já tinha visto, uma criatura enorme, de um branco acinzentado com longos tentáculos e flamejantes olhos vermelhos. Lenhador correu para a aldeia com o machado na mão, esperando poder deter alguns deles, mas, assim que entrou, chamas o atingiram. Eles lançaram bolas de fogo sobre ele e o deixaram para morrer... mas ele sobreviveu. Com HP suficiente para ficar vivo, mas não para ficar em pé, tudo o que pôde fazer foi ficar sentado, assistindo ao pesadelo.

Talhador parou de fungar e limpou mais lágrimas de seus olhos.

— Lenhador me disse que o ghast entrou na câmara dos artesãos e, depois de alguns minutos, saiu com alguém preso em seus tentáculos.

— Malacoda! — sibilou Gameknight, com a voz cheia de raiva.

Artífice colocou uma das mãos sobre seu ombro para acalmá-lo.

— Ele não pode mais machucar os NPCs — disse Artífice, tentando acalmar a raiva do Usuário-que-não--é-um-usuário.

Gameknight inclinou a cabeça e relaxou um pouco, parando então para acomodar melhor Enchedora nos ombros.

— Era esse o nome do ghast... Malacoda? — perguntou Talhador.

Gameknight confirmou com a cabeça, enquanto continuava a caminhada.

— Ele não está mais entre nós — disse Gameknight.

— Você acabou com ele? — perguntou Talhador.

Gameknight fez que não.

— Outra pessoa acabou com sua vida miserável.

— Ótimo — disse Talhador, depois deu um longo suspiro e continuou. — Lenhador disse que tentou se levantar e parar o ghast, mas não tinha forças para ficar em pé, então simplesmente permaneceu sentado, enquanto assistia os creepers serem mandados para a câmara dos artesãos. Minha família estava lá embaixo. Minha esposa, Padeira, deve ter pegado nosso filho, Tecelão, e ido para lá assim que ouviu a explosão do primeiro creeper. Provavelmente, levou com ela todas as crianças que pôde. Esse sempre foi o plano em caso de perigo. Tecelão... ele tinha a sua idade, Tampador. Ele era o melhor filho que um pai poderia querer. Suas mãozinhas eram capazes de tecer os desenhos mais incríveis em tapetes... melhor que qualquer um na aldeia. Sempre que terminava um novo, ele me trazia para que eu pudesse ser o primeiro a ver sua mais nova criação. Cada um era melhor que o anterior, e a minha maior alegria na vida era ver seu rosto brilhar quando ele estava mostrando seu trabalho. Naquela manhã, antes de eu ir ao templo, ele tinha me mostrado seu mais novo tapete. Havia tecido a minha muralha na borda, assim como imagens dele, de mim e da mãe. Representava a muralha nos protegendo... que piada!

Ele parou para enxugar uma lágrima de seu rosto quadrado.

— Eu nunca mais terei a chance de ver aquela expressão nos olhos dele.

Talhador ficou em silêncio por um instante, e Gameknight percebeu pelo olhar que ele provavelmente estava revivendo memórias maravilhosas de sua família. Mas então a luz brilhante em seus olhos cinza-pedra se enfraqueceu, e seu rosto ficou novamente dominado pela tristeza.

— Lenhador disse que ouviu as explosões subterrâneas, e sabia que eles estavam acabando com todos os sobreviventes. Minha esposa e meu filho, a família de Lenhador... a família de todos sucumbiu naquela tumba subterrânea. E tudo por minha causa! Deixei Lenhador por um instante para revistar minha casa... talvez Tecelão ou Padeira estivessem lá, escondidos. Mas a única coisa que encontrei foi...

Ele parou por um instante para recuperar o controle de suas emoções.

— O que foi? — perguntou Tampador. — O que você achou?

— A maior ironia de todas — disse Talhador. — Encontrei o último tapete de Tecelão. Estava em perfeitas condições, como se nada tivesse acontecido. A imagem da minha muralha no tecido parecia perfeita, e nossos rostos felizes protegidos por ela pareciam satisfeitos e fora de perigo. Sentei ali com o tapete nas minhas mãos e chorei por sei lá quanto tempo. E quando não tinha mais lágrimas para chorar e estava emocionalmente esgotado, tive certeza de que não suportaria olhar para aquele tapete novamente, então o enterrei sob as cinzas da nossa casa.

Ele ficou em silêncio de novo.

— Talhador, isso não foi culpa sua — disse Artífice. — Só podemos ser responsáveis pelo agora. Nossas decisões e ações têm consequências futuras, mas não podemos saber com certeza quais serão. Tudo o que podemos fazer é dar o nosso melhor a cada dia, trabalhar o máximo e tomar as melhores decisões que pudermos. Você fez o melhor muro que podia fazer... como era seu trabalho. Talvez a culpa seja do seu artífice.

— Nosso artífice era o melhor! — retrucou o robusto NPC.

— Tenho certeza de que era — respondeu Artífice — Mas ele também era responsável por sua comunidade. E seu ferreiro era responsável por fabricar armas para proteger sua aldeia... ele não tem parte da responsabilidade também?

— Bem... acho que...

— Em uma comunidade, todo mundo é responsável pela segurança e o bem-estar de todos — explicou Artífice. — Nenhuma pessoa carrega o peso que é de todos. Todos fazem a sua parte... isso é o que significa fazer parte de uma comunidade.

Artífice encarou Gameknight999. Eles fizeram contato visual por um breve segundo, depois o Usuário-que-não-é-um-usuário desviou o olhar.

— Então, como você veio parar na nossa aldeia? — perguntou Tampador do alto dos ombros de Talhador.

— Eu ouvi o chamado de Artífice para defender Minecraft, então eu vim... e lutei. — Ele se virou e encarou Gameknight999, seus olhos cinza-pedra agora vermelhos de tanto chorar. — Eu segui você até o Nether e a Fonte. Lutei ao seu lado na escadaria da Fonte e o protegi durante aquela terrível batalha. Enquanto você lutava contra Érebo na Terra dos Sonhos, impedi que os zumbis e esqueletos chegassem até seu corpo adormecido.

Ele apontou para uma cicatriz comprida e horrível que percorria seu braço.

— Ganhei isso de um esqueleto wither que estava tentando chegar até você e seus amigos — disse Talhador —, mas eu impedi com minha picareta.

Gameknight se aproximou e tocou a cicatriz enorme com seus dedos quadrados, imaginando como deveria ter sido doloroso. Ele encarou os olhos cinzentos e estava prestes a falar algo, mas Talhador o interrompeu antes que ele pudesse começar.

— Naquele dia, quando Lenhador finalmente morreu, jurei que nunca mais esqueceria a minha responsabilidade de proteger Minecraft e todos os habitantes dos servidores. A melhor maneira que encontrei de fazer isso foi protegendo o Usuário--que-não-é-um-usuário, mesmo que eu precise me sacrificar por ele.

— Talhador, isso eu não permitirei — disse Gameknight severamente.

— Você não tem voz nesse assunto — retrucou o NPC. — Essa é a dívida que devo pagar por causar a morte de todos na minha aldeia... e Padeira e Tecelão. — Ele parou por um momento e respirou profundamente para evitar que mais lágrimas caíssem antes de continuar. — Eu jamais vou deixar de te proteger, ou de estar ao seu lado para juntar minha picareta à sua espada, mesmo que isso signifique minha destruição. Assim será, e não se fala mais nisso.

Gameknight estava prestes a se opor, mas Artífice colocou a mão em seu ombro acalmando-o.

— Essa é a responsabilidade de Talhador, e nós devemos respeitá-la.

Gameknight fitou os brilhantes olhos azuis de Artífice e quis protestar, mas percebeu que não adiantaria. Após observar Talhador rapidamente, viu a convicção absoluta naqueles olhos e percebeu que qualquer resistência seria inútil. Gameknight se aproximou, pousou a mão no ombro largo do NPC e deu tapinhas carinhosos nas suas costas. Então se virou em direção à aldeia que ficava logo depois da duna seguinte. Pensou que talvez ter Talhador para protegê-lo pudesse ser tranquilizador, mas isso só o fez se sentir responsável por mais uma vida.

Eu não posso ter toda essa responsabilidade, pensou. Não quero ser um herói... *Quero apenas ser uma criança.*

Então uma antiga voz tomou conta de sua mente, ecoando através da música de Minecraft como se estivesse chegando a ele de um lugar muito distante.

Aqueles que têm a capacidade de ajudar os outros são obrigados a fazê-lo, independentemente do quão difícil seja, disse a Oráculo.

Mas eu não pedi isso, reclamou ele, *e você sabe disso, Oráculo. Não sei se consigo fazer tudo isso.*

Você pode conquistar apenas o que puder imaginar, respondeu a Oráculo.

Mas como imagino ser corajoso, ou não ter medo de fracassar... como faço isso?

A Oráculo, entretanto, tinha ido embora; a música de Minecraft silenciara por um momento. Olhando em volta, ele percebeu que todos o encaravam.

— Você está bem? — perguntou Artífice.

O Usuário-que-não-é-um-usuário assentiu.

— De repente, você ficou com uma aparência tão séria... — disse Artífice. — O que está acontecendo?

— Estava conversando com a Oráculo — disse Gameknight, como se fosse algo que ele fizesse todos os dias.

— Como? — perguntou Caçadora.

— Eu posso ouvi-la na minha cabeça — respondeu. — Nós conversamos na Terra dos Sonhos na noite passada.

— Ela disse o que Herobrine está aprontando? — perguntou Artífice.

Gameknight assentiu.

— Herobrine destruiu o Templo da Selva e todos os lobos... não contem para o Pastor. — Ele olhou para seus amigos para ter certeza de que iam obedecê-lo e continuou. — Ele meio que a matou... quer dizer, destruiu o corpo dela, mas ela não está morta. A Oráculo é parte da música de Minecraft e está cuidando de nós.

— Quer dizer, então, que ela está bem? — perguntou Artífice.

Gameknight assentiu.

— Ela me disse aonde devemos ir, para que eu possa descobrir como usar esta arma.

— Você vai contar para nós... ou guardar só para você? — perguntou Caçadora.

Gameknight olhou para Caçadora e sorriu, deixando-a cada vez mais impaciente. Ele continuou:

— Precisamos achar o Monumento Oceânico. Nesse Monumento, encontraremos o Livro da Sabedoria. O livro me dirá como usar a arma, mas ele é protegido por uma das criaturas de Herobrine.

— Óbvio — disse Caçadora com um tom sarcástico.

— Pelo menos sabemos aonde temos que ir — falou Artífice. — Vamos nos apressar e chegar à aldeia para começarmos logo a nossa busca.

O Usuário-que-não-é-um-usuário assentiu, acelerando o ritmo das passadas e começando a correr ao mesmo tempo que segurava firme as pernas de Enchedora. Enquanto corria, Gameknight pensou no Guardião Antigo do seu sonho, aqueles espinhos longos e afiados à sua espera. De alguma maneira, conseguiu sentir os espinhos chegando cada vez mais perto... e teve certeza de que, quando estivessem próximos o bastante... os dois iriam se enfrentar.

CAPÍTULO 10
A ALDEIA NO DESERTO

s NPCs desceram a duna correndo em direção à vila no deserto, o volume das vozes crescendo em celebração. Moradores da comunidade do deserto apareceram para receber os visitantes, muitos oferecendo baldes de água e pães para os recém-chegados.

Quando Gameknight estava no topo da duna, viu que a aldeia era como qualquer outra que já visitara, com exceção de que tudo fora construído com arenito. As paredes das casas e outras construções eram de um amarelo pálido que se misturava com o cenário do deserto arenoso, fazendo toda a comunidade se mesclar com a paisagem... tudo menos as plantações. Estas eram cultivadas em um solo marrom escuro, sendo que uma faixa de água azul e fresca fluía entre o suntuoso trigo verdejante. Cactos verdes permaneciam como sentinelas silenciosas no perímetro da comunidade, destacando-se contra o fundo pálido. Tal qual os campos das colheitas, os cactos pareciam ainda mais verdes que o normal em contraste com o fundo arenoso, seus espinhos pontiagudos se estendendo para qualquer um que ousasse chegar perto demais.

O perfume do solo fértil e exuberante saudou Gameknight assim que ele entrou na aldeia: as plantações afastavam o cheiro seco e empoeirado do deserto das narinas dele. Sorriu quando sentiu o aroma... era maravilhoso.

Bem no alto, notou a torre de vigia que pairava sobre a aldeia. Era feita do mesmo arenito que as outras construções; era difícil obter pedras no deserto. Sentinelas, NPCs que tinham os melhores olhos da comunidade, ficavam no topo da torre, com a vista aguçada sempre vasculhando o entorno à procura de monstros, o que era bom. Valia sempre a pena ser cuidadoso em Minecraft.

Assim que se aproximou das plantações, Gameknight percebeu como sua boca tinha ficado seca. Desde que Talhador contara sua história, ele ficara tão perdido em pensamentos que tinha se esquecido até de beber água. Procurou em seu inventário e viu que não tinha nenhum líquido. Cuidadosamente, colocou Enchedora no chão e se ajoelhou. Limpando as palmas nas calças, mergulhou as mãos na água que fluía entre dois campos e as juntou em forma de concha. Levou-as à boca e derramou sobre o rosto; parte foi bebida, mas muito do líquido escorreu por sua camisa, refrescando-o por um breve instante. A sensação foi boa. Pegando outro punhado, aproximou as mãos novamente do rosto, mas, no último segundo, jogou a água em Enchedora. Ela riu ao mesmo tempo que grande parte do líquido atingia seu longo cabelo loiro-claro, filetes de água escorrendo pelo quadrado.

Sentindo-se revigorado pela bebida fresca, o Usuário-que-não-é-um-usuário parou e examinou o local. A aldeia ocupava uma grande área; algumas dunas cercavam a comunidade, mas não eram suficientemente altas para serem utilizadas para defesa. Todos os lados da vila eram desprotegidos; como os NPCs iriam defender o povoado no caso de uma incursão de monstros?

De repente, Gameknight viu de relance algo se movimentando à sua direita. Virando a cabeça, pensou ter avistado algo espreitando em cima de uma grande duna bem distante da aldeia. Parecia uma criatura, talvez um NPC ou um usuário, mas tinha uma aparência estranha. Havia algo vermelho no peito da criatura, e os braços estavam cobertos com listras azuis e brancas. O ser colorido se destacava em contraste com o ambiente arenoso e desbotado, mas desapareceu atrás da duna tão rápido quanto tinha aparecido.

Ela estava lá mesmo, ou estou vendo coisas? Poderia ter sido outro... não, seria loucura. Por que eles estariam nos seguindo?

Olhando para o sol, viu que ainda restavam algumas horas até anoitecer... teria que trabalhar rápido.

— Escavador, vamos preparar as defesas — disse Gameknight, dando um passo à frente e tirando Tampador dos ombros de Talhador. — Enchedora, Tampador, preciso que vocês subam na torre de vigia e ajudem à sentinela. Fiquem lá até eu mandar descer... entenderam?

Os gêmeos assentiram com entusiasmo e saíram correndo. Gameknight sorriu para Talhador, depois olhou em volta, buscando por Caçadora.

— Estava me procurando? — perguntou uma voz vinda de trás.

Ele se virou e viu Caçadora, segurando o arco. O sol estava posicionado diretamente atrás dela, fazendo seu cabelo vermelho brilhar como uma auréola escarlate.

— Sim — respondeu. — Preciso que você prepare algumas defesas. Estamos totalmente expostos em todos os lados, por isso temos que ser capazes de nos defender em todos os lugares em volta do perímetro da aldeia até sabermos de onde o ataque vem. Faça com que as pessoas construam torres de arqueiros, então prepare algumas armadilhas na areia.

— Pode deixar! — respondeu Caçadora, virando-se para começar a recrutar NPCs.

Observando a aldeia, Gameknight999 percebeu que seus habitantes pareciam confusos.

Eles provavelmente estão achando que estão sendo dominados por nós, pensou. *Precisamos explicar tudo para eles.*

— Onde está Artífice? — gritou.

— Aqui! — exclamou uma voz do outro lado da vila.

Correndo na direção do som, encontrou Artífice conversando com alguns dos anciãos da aldeia. O ferreiro da aldeia parecia estar bravo, gritando com outros NPCs e gesticulando nervosamente. Mas, assim que Gameknight chegou perto, a discussão parou abruptamente.

— O que está acontecendo? — perguntou Gameknight.

— Eu estava explicando a esses aldeões que o Usuário-que-não-é-um-usuário estava aqui e que você iria assumir o controle por um tempo — explicou Artífice. — Eles não estavam realmente acreditando em mim até...

Gameknight olhou para os anciãos da aldeia, que encaravam fixamente acima da cabeça dele, todos em choque, boquiabertos. Percebeu que os NPCs viram as letras brancas do seu nome flutuando no ar, mas alguns deles olhavam bem alto no céu. Seus olhos cresceram de espanto quando perceberam a ausência do fio conector do servidor que um usuário normal teria.

— Ei... olhem para mim — disse ele aos anciãos. — Parem com isso. Sim, eu sou o Usuário-que-não-é--um-usuário, acostumem-se e comecem a trabalhar.

Só então Monet113 chegou e se aproximou do irmão. Os NPCs olharam seu nome, boquiabertos ao verem que ela também não tinha um fio de servidor.

— Sim... sim, somos dois. Agora, parem; não temos tempo para isso — disse Gameknight.

— Seja educado — repreendeu Monet.

Ele olhou para ela e deu de ombros, depois virou as costas para os aldeões.

— Precisamos fortificar a aldeia no caso de um ataque — explicou o Usuário-que-não-é-um-usuário. — E parece que há sempre monstros nos atacando, então temos que estar preparados.

Isso fez com que os aldeões voltassem a si.

— De que vocês precisam? — perguntou o ferreiro.

— Sabe aquele grande NPC ali? — disse Gameknight. — Aquele é Escavador. Está preparando as defesas e sabe o que está fazendo. Vá ajudá-lo. Precisamos que cada um de vocês faça o que ele mandar.

— Está bem — responderam os anciãos, indo em direção a Escavador.

— Artífice, precisamos conversar com o artífice da aldeia.

— E eu? — perguntou Monet.

— Venha conosco até a câmara dos artesãos — respondeu ele.

— Oba! — gritou Monet, batendo palmas.

Gameknight olhou carrancudo para a irmã e então rumou para a torre de vigia, com Artífice e Monet logo atrás de si. Usando o túnel secreto, eles caminharam através das passagens subterrâneas até chegarem à câmara dos artesãos.

Quando entraram na caverna, as atividades foram interrompidas no mesmo instante, todos os olhos se voltaram para os visitantes. Sem esperar ser convidado, Gameknight desceu os degraus de pedra e foi direto até o artífice da aldeia. Era fácil identificá-lo na multidão; sua túnica preta com uma faixa cinza era idêntica à de Artífice.

Sem esperar por perguntas, Gameknight explicou a situação, descrevendo as batalhas com Herobrine e seu desejo de destruir Minecraft. Todos os aldeões conheciam a criatura lendária, mas poucos realmente acreditavam na existência dele. Com o Usuário-que-não-é-um-usuário parado diante do grupo com a irmã ao lado dele, porém, eles foram imediatamente convencidos.

— Acima de nós, todos estão construindo defesas para estarmos prontos se Herobrine nos encontrar — explicou Gameknight. — Precisamos que vocês construam carrinhos de mineração... o máximo possível.

— E armas — completou Artífice. — Precisamos de armas para os aldeões.

— Meus aldeões não são guerreiros. Esta é uma comunidade pacífica — explicou o artífice da aldeia, com uma expressão de desgosto.

— A minha também era, até que um exército de monstros a atacou — respondeu Artífice. — Gameknight999 nos ensinou a lutar, e vocês fazem parte desta guerra, gostando ou não.

— Mas a violência não resolve nada — disse o artífice grisalho. — Só gera mais violência. Não temos nada a ver com sua luta... deixem-nos em paz.

— Escutem aqui! — gritou Gameknight. — Herobrine e a horda dele não se importam se vocês acreditam em lutar ou não. Ele destruirá todos dessa aldeia se for seu objetivo; ele fez isso com centenas de aldeias, e os nomes de todos aqueles que sucumbiram a suas vontades perversas são numerosos demais para contar. — Após parar por um instante, o Usuário--que-não-é-um-usuário levantou a mão, com os dedos bem esticados, e a fechou em punho... a saudação aos mortos. Ele apertou a mão com força, tentando esmagar a memória de tantos que morreram por causa dele. Todos na câmara puderam ouvir as juntas de seus dedos estalarem enquanto ele as apertava e viram a raiva naqueles olhos. — Todos fazem parte desta guerra. A Batalha Final está vindo como um trem de carga sem freios.

— O que é um trem de carga? — perguntou Artífice.

— Sim, e o que são freios? — quis saber o artífice da aldeia.

— Isso não é importante agora. O importante é estarmos preparados — explicou ele. — Não vamos ficar aqui no deserto; não é aqui que a Batalha Final será travada, e todos devem vir conosco.

— Não vamos deixar a nossa aldeia — disse o artífice. — Esta é a nossa casa. Você não pode esperar que arrumemos nossas coisas e saiamos.

— Sei que sou nova em Minecraft — disse Monet. — Mas eu aprendi que um lar não é definido pelos muros que nos cercam; é definido pelas pessoas que nos cercam. — Ela deu um passo à frente e colocou a mão macia no braço do artífice. — Se você não fizer o que meu irmão disse, todos à sua volta serão aniquilados, sem piedade. — Ela olhou nos olhos castanhos do artífice e falou baixinho. — Ninguém gosta dessa guerra, mas todos em Minecraft estão nela, quer saibam ou não. Você tem a chance de ajudar a *parar* a violência e trazer a paz de volta. Se você não ajudar, mais NPCs morrerão. Quer viver com isso? *Consegue* viver com isso?

O artífice parou para pensar nas palavras dela, então se virou e olhou para seus amigos na câmara de criação. Todos os olhos escuros encaravam seu artífice, esperando que ele os protegesse. Lentamente, ele voltou o olhar para o Usuário-que-não-é-um-usuário e suspirou.

— Se não vierem conosco, serão destruídos pelos monstros — explicou. — No devido tempo, Herobrine vai descobrir que estamos aqui e atacará com força total. Nossas defesas não são fortes o suficiente aqui, e este local não pode ser bem defendido; é exposto demais. Precisamos de um lugar onde poderemos usar o ambiente a nosso favor. Se não partirem conosco, todos irão morrer.

De repente, um clarão extremamente intenso tomou conta da câmara e desapareceu em seguida, revelando o usuário amigo de Gameknight, Shawny, parado diante dele. Todos os NPCs viram a linha de instrução do servidor brilhando, estendendo-se da cabeça de Shawny e penetrando no teto rochoso acima. Instantaneamente, todos se endireitaram, largaram suas ferramentas e cruzaram as mãos no tórax.

— Oi, Gameknight; oi, Monet — disse Shawny com um sorriso meio bobo. — Quais as novidades? — Ele então olhou os NPCs ao redor, e voltou-se novamente para Gameknight. — Eu estava torcendo para que eles não fizessem mais isso.

— Eles não podem ser vistos falando ou usando as mãos na frente de nenhum usuário... você sabe disso! — respondeu Gameknight, com o rosto quadrado carrancudo. — O que você está fazendo aqui?

— Precisamos conversar, e eu não queria que fosse pelo chat — respondeu Shawny, que então se virou e viu Artífice. — Oi, Artífice; que bom vê-lo de novo. Na última vez que vi você, estávamos lutando para salvar Minecraft nos degraus da Fonte. Eu sei que você não pode responder, mas é bom vê-lo de novo. Vocês devem ouvir o que tenho a dizer.

— Ande logo, Shawny, pode começar — insistiu Gameknight.

— Está bem, está bem — respondeu o amigo. — É o seguinte. Nenhum dos usuários consegue entrar em nenhum servidor de Minecraft. Ainda estão bloqueados por aquele negócio que Herobrine fez um tempo atrás. Mas eu andei conversando com alguns amigos, Impafra, Kuwagata498 e AttackMoose52, e acho que conseguimos algo.

— O que é?

— Bem, descobrimos como redirecionar alguns dos outros servidores de Minecraft através do computador do seu pai para conectar com Mojang. Nós, então, reconfiguramos o roteador para...

— Do que você está falando? — perguntou Gameknight. — Você sabe que eu não sei nada sobre redes de computadores.

— O que estou dizendo é que alguns usuários podem conseguir ficar online neste servidor — explicou Shawny. — Eu não sei se o seu roteador dá conta de todo o tráfego e não sei quantas pessoas conseguimos contatar... mas é possível.

— Isso é ótimo, mas... — Gameknight olhou para Artífice e voltou-se novamente para Shawny — são só algumas pessoas, vai fazer mais mal do que bem... entende?

— Sim — respondeu Shawny, olhando de relance os braços cruzados nos tórax dos NPCs. — A grande questão é... quanto de tráfego sua conexão de internet aguenta? Se sobrecarregarmos a rede, não sei o que pode acontecer. Você pode ser desconectado da Mojang, ou o servidor pode cair, ou... quem sabe? O risco é grande, mas acho que você deveria saber.

— E o digitalizador? Está funcionando?

— Não, já desisti — disse Shawny olhando para o chão. — Desculpe, mas não consegui achar as peças no seu porão. Seu pai deve guardar um estoque de componentes em algum lugar, mas não tenho a menor ideia de onde procurar. Se ele estivesse aqui, a história seria outra.

— Talvez, ele volte logo — disse Monet com um sorriso meio forçado.

— Sim, bem, isso não é muito provável, é? — rebateu Gameknight. — Aprendi a me virar sozinho nos últimos anos. Shawny, você só vai ter que fazer o que está fazendo. Faça o que puder... mas por enquanto, você deve ir para que possamos voltar ao trabalho aqui.

— Certo. Só não faça nenhuma besteira — disse Shawny com um sorriso.

— Parece a Caçadora falando — respondeu ele, bem na hora em que seu amigo desapareceu.

Assim que Shawny foi embora, os NPCs se abaixaram, pegaram suas ferramentas e continuaram o trabalho.

— Pessoal, desculpem por isso — gritou Gameknight. — Não estava esperando que ele aparecesse do nada.

— Um aviso da próxima vez seria útil — disse Artífice com a cara fechada.

— Vou avisar sempre que puder. Mas agora vamos verificar as defesas. — Gameknight chegou perto de Artífice e sussurrou em seu ouvido: — Tenho um pressentimento de que algo ruim vai acontecer em breve.

— O que foi? — perguntou Monet.

— Nada — respondeu ele. — Vamos.

Artífice balançou a cabeça e apoiou a mão no ombro quadrado de Gameknight de maneira reconfortante, então virou e subiu as escadas, com Monet seguindo-o de perto.

—Continuem construindo carrinhos de mineração — disse Gameknight ao artífice da aldeia. — Tenho certeza de que muitas vidas dependerão deles. Também coloque TNT em volta de todos os túneis. Pode ser que precisemos bloqueá-los rapidamente.

O artífice o encarou, então olhou para as letras acima da cabeça dele e, por fim, para o fio de servidor que não estava lá. Suspirando, concordou e se virou para dar ordens aos trabalhadores.

Gameknight se dirigiu para a escada que levava aos túneis secretos e à superfície. Quando chegou às duas portas de ferro no topo da escada, olhou para baixo, para a câmara dos artesãos. Metade dos trabalhadores construía carrinhos de mineração, enquanto a outra metade martelava armas e armaduras. A cacofonia era quase ensurdecedora.

Satisfeito, ele se virou e abriu as portas de ferro no topo da escada. Assim que entrou na câmara seguinte, viu que Monet estava ao seu lado.

—Sabe, quando estávamos no mar, você disse algo com que não concordo — disse ela.

—O que foi?

—Você disse algo sobre o papai — falou Monet. — Que ele nunca está por perto.

—Sim. E...?

—Você sabe que ele está viajando porque está tentando vender suas invenções — ela explicou.

—Claro que sei — respondeu Gameknight, enquanto se distanciava das portas de ferro e atravessava a câmara circular.

—Não fuja de mim! — ordenou ela asperamente.

— Agora você está parecendo a mamãe — respondeu, mas parou no meio da câmara.

Monet olhou brava para o irmão.

— Preste atenção: o papai está fazendo o que tem que fazer para cuidar da nossa família — disse ela. — Eu sei que ele odeia ficar longe... viajando para várias cidades... carregando uma mala de lá pra cá. Mas ele faz isso por nós.

— Faz mesmo? — perguntou ele ao se virar e encarar a irmã. Gameknight se aproximou para olhá-la por cima. — Ele está realmente fazendo isso por nós, ou esse negócio de invenção é para ficar famoso? Você sabe tão bem quanto eu o quanto nosso pai quer que as pessoas saibam como ele é maravilhoso. Trabalhou naquela grande empresa por muito tempo, lidando com motores de aviões e lasers e outras coisas, mas ninguém prestava atenção nele. Agora quer ser notado com suas invenções, e somos nós os que acabam sofrendo!

— NÃO! — gritou Monet, enfaticamente. — Isso não é verdade... Papai nunca faria isso.

— Sério? Então por que ele está tão cheio de segredos sobre o que está tentando vender? — respondeu ele. — Se você olhar as invenções no nosso porão, existe algo que valha a pena comprar? A única coisa que ele criou e funciona como deveria é o digitalizador, mas você sabe tão bem quanto eu que é muito perigoso para ser vendido. Se cair nas mãos erradas, as pessoas podem fazer coisas muito ruins com ele, como você sabe muito bem.

Ele deu as costas para a irmã e ficou encarando a parede. Toda a raiva e frustração com o pai vinham se acumulando por muito tempo, e agora os sentimentos estavam em ebulição. Ele ouviu Artífice caminhar suavemente pela câmara e seguir até os túneis. Obviamente o amigo não queria se intrometer na discussão entre irmãos.

— Eu não acredito nessas besteiras — disse Monet. — Papai ama a gente mais que qualquer uma das invenções dele. Está apenas tentando fazer o que pode para sustentar a casa.

— E ficar longe é como ele faz isso?

Monet se aproximou do irmão e colocou a mão no ombro dele.

— Ele está fazendo o que deve e precisa do nosso apoio e compreensão — explicou a garota.

— Estou cansado de dar apoio e compreensão... Só quero que ele fique em casa. É pedir muito? — Ele suspirou e olhou para o chão. — Não quero mais ser o homem da casa — continuou com voz baixa. — Quero apenas ser um garoto. Mas não... eu tenho que cuidar de você e fingir que estou feliz para que a mamãe não fique preocupada. Estou cansado de viver uma mentira... Só quero ser eu mesmo.

— Mas você não percebe? Se ele fizer sua grande venda, ficará em casa o tempo todo — disse Monet. — Não vamos mais ter que dividir papai com os aeroportos e estações de trem. Seremos apenas nós... juntos.

— Espero que sim, Jenny. Eu realmente espero que sim... mas quando?

Gameknight encarou a irmã. Ele percebeu que havia uma lágrima acumulada no canto do olho dela e isso o emocionou, arrancando a mesma lágrima quadrada de seu próprio olho. Aproximando-se, abraçou Monet bem apertado.

— Espero que você esteja certa, Jenny. Realmente espero.

— Eu também, Tommy.

— Vamos, Monet — disse, largando-a e limpando seu olho na manga. — Temos uma aldeia para defender e um enorme exército de monstros para derrotar.

— E não se esqueça de Herobrine — completou ela, com um sorriso.

— Ah, sim, Herobrine também — disse Gameknight com uma risada. — Vamos!

Eles se viraram, cruzaram os túneis e subiram a comprida escada vertical.

Quando chegaram ao andar de baixo da torre de vigia, Gameknight percebeu um caos sonoro antes de sequer ser capaz de ver algo. Soava como se cada par de mãos na aldeia estivesse construindo alguma coisa. Assim que saiu da torre de arenito, viu uma linda muralha de quatro blocos de altura circundando-os. Torres de arqueiros tinham sido dispostas por toda a aldeia, com suas plataformas situadas a pelo menos dez blocos de altura. Do lado de fora da muralha, ele ouvia os NPCs gritando e cavando, provavelmente preparando algumas surpresinhas para os monstros.

De repente, um grito de alegria veio da torre de vigia. Olhando para o alto, ele viu Caçadora com seu arco, o cabelo vermelho selvagem ao vento.

— Acertei mais um! — exclamou ela.

Preparou uma flecha e disparou-a no ar, atirando sabe-se lá em quê. Disparou repetidamente, mas finalmente desistiu.

—Em que você está atirando? — gritou Gameknight.

—Morcegos! — respondeu. — Eu odeio essas criaturas nojentas.

—Bem, pare de brincar e desça aqui!

Em segundos ela estava ao seu lado, com um enorme sorriso no rosto.

—Por que você está tão feliz? — perguntou Gameknight.

—Eu estava derrubando morcegos com minhas flechas — disse ela. — Você não acredita quantos estão voando por aí. Eu não confio neles depois de ter ido ao Nether... eles são tão maus quanto os monstros e devem ser destruídos.

Gameknight fitou Artífice com preocupação, depois olhou mais uma vez para Caçadora.

—O que morcegos estariam fazendo aqui no deserto, em vez de estarem nas cavernas subterrâneas? — perguntou Artífice.

—Não sei, mas acertei todos eles menos um — disse Caçadora. — Esse estava muito longe e eu errei.

—Um deles fugiu? — perguntou Gameknight.

Caçadora assentiu.

—Mas eu diria que acertar 12 de 13 não é nada mau.

—Não gosto disso — disse Gameknight olhando em volta da aldeia. — Eles estão chegando... posso sentir. Caçadora, posicione sentinelas ao redor e chame todos que estão fora da muralha. Faça com que todos descansem um pouco, mas deixe sentinelas vigiando o deserto. Monet, quero você naquela torre de arqueiro lá. — Ele apontou para uma coluna alta de madeira e pedra. — Chame a Costureira para ficar com você e fiquem atentas.

Sua irmã assentiu, virou-se e saiu correndo, seu brilhante cabelo azul balançando como uma onda no oceano.

O Usuário-que-não-é-um-usuário se dirigiu para uma das camas colocadas perto das plantações. Sentou-se e olhou para as mãos. Estavam tremendo. Ele precisava descansar, mas não era por isso que as mãos tremiam.

Ele virá aqui hoje à noite? Terei que enfrentar Herobrine aqui, nesta aldeia?

Olhando todos os aldeões em volta, viu pais colocando os filhos para dormir com olhares de apreensão em suas faces quadradas. Lojistas, padeiros, agricultores e artesãos inocentes tinham que se deslocar para se protegerem atrás da muralha que rodeava uma aldeia que, até pouco tempo, fora pacífica. Havia medo e confusão estampados nos rostos deles. Gameknight trouxera aquilo para lá, e era sua responsabilidade protegê-los... mas conseguiria?

Deitado, tentou pensar nas peças do quebra-cabeça que o ajudariam caso os monstros viessem, mas não havia nada, só o silêncio.

Como posso proteger essas pessoas se Herobrine chegar com seu exército? Nós mal temos cem NPCs aqui!

Você só pode conquistar aquilo que imagina ser capaz de conquistar, disse uma voz anciã na mente dele. *Você só pode conquistar aquilo que imagina ser capaz de conquistar... Você só pode conquistar aquilo que imagina ser capaz de conquistar... Gra-*

dualmente, a voz da Oráculo, junto com a música de Minecraft, embalou-o em um sono repousante. Porém, pouco antes de adormecer, ele pensou ter ouvido um tom de desespero e incerteza na melodia harmoniosa, como se a própria Oráculo estivesse com medo.

CAPÍTULO 11
CEIFADOR

Herobrine soltou uma risada maléfica ao se materializar no túnel estreito. Vestia uma túnica vermelha de lenhador, a roupa de sua última vítima, pouco visível na escuridão.

O túnel onde estava era comprido e apertado, ainda que as paredes e o piso fossem irregulares. Herobrine viu que a passagem se estendia por aproximadamente vinte blocos ou mais, e, apesar de as paredes serem onduladas, o centro do túnel era precisamente reto. Teleportando-se até onde alcançava a visão, o artífice de sombras rapidamente chegou ao fim do corredor, que acabava numa parede de cascalho com um único cubo de pedra cravado no centro. Ao empurrar suavemente o bloco solitário, Herobrine ouviu pedras se movendo, as superfícies rugosas raspando umas contra as outras conforme a barreira de cascalho deslizava para o lado e revelava uma nova passagem. O túnel secreto tinha paredes e piso lisos, como se tivessem sido meticulosamente esculpidos por um grupo de excelentes talhadores.

Ele sabia o que aquele era o lugar.

Ao adentrar o novo corredor, o volume da música de Minecraft aumentou, e Herobrine sorriu. Ele sentia uma atmosfera apreensiva, quase apavorada, na música. Revelando um sorriso sinistro e cheio de dentes, esticou o braço como se abraçasse o mundo com seu toque sufocante. Conseguia captar o medo de Gameknight999 através da música, e isso lhe deu tanta alegria que ele teve vontade de destruir algo.

—Por que não tem monstros por perto quando sinto a necessidade de destruir um? — perguntou para a passagem vazia.

Ele provavelmente deve estar dormindo, suas emoções vazando para a Terra dos Sonhos e para a música de Minecraft, pensou Herobrine enquanto seus olhos brilhavam, revelando uma ideia maligna. *Eu deveria torturá-lo em seus sonhos... dar a ele um pequeno pesadelo.*

Mas, quando estava prestes a entrar na Terra dos Sonhos, um barulho ecoou pelo túnel. Soava como diversos bastões se chocando... e ele soube então que estava perto do destino.

— Uma outra hora, Usuário-que-não-é-um-usuário — zombou, antes de continuar a seguir pelo subterrâneo.

O túnel estreito atravessava a fundação de Minecraft, um pequeno trecho reto, que depois virava à esquerda, à direita e em seguida descia em um declive acentuado. Herobrine percorreu o caminho tortuoso, teleportando-se quando era possível ver o fim do trecho e andando quando não havia outro jeito. Ele não podia se teleportar diretamente para o destino sem ter estado lá antes. Qualquer erro de cálculo poderia fazer com que ele se materializasse dentro de uma pedra, e Herobrine não tinha certeza do que aconteceria em uma situação daquelas. Então, por segurança, usava seus poderes de teleporte apenas quando conseguia avistar seu destino ou quando já estivera lá antes.

O som das batidas ficou mais alto... Ele estava chegando perto.

Herobrine caminhava apressado pelos túneis sinuosos. Enquanto andava, a temperatura no ambiente começou a subir; estava se aproximando da lava. Com a sensação de calor, um sorriso despontou em seu rosto quadrado; a lava lhe trazia lembranças de conforto e segurança... de casa. Aquela, porém, não era sua casa; era a deles. E, enquanto continuassem cumprindo sua parte, continuaria sendo.

Teleportando-se para o fim da passagem comprida e estreita, Herobrine se deparou com diversos ossos espalhados pelo chão do túnel; apenas seus olhos seriam capazes de vê-los naquela escuridão. Era provavelmente um pobre esqueleto que não tinha conseguido voltar a tempo... Um tolo. Enquanto continuava, viu algumas setas espalhadas pelo chão.

— Idiotas descuidados — resmungou para as trevas.

Adiante, avistou um leve brilho vermelho... havia chegado. Teleportou-se até a fraca luz carmim e se materializou no final de um túnel longo e reto. Viu tochas de redstone dispostas nas paredes irregulares a cada mais ou menos 12 blocos, emitindo um círculo de luz rosada que iluminava um pequeno trecho do túnel. Em ambos os lados dos pontos iluminados, entre as áreas banhadas pelos círculos de luz, havia faixas escuras de cerca de meia dúzia de blocos de comprimento. Esse padrão no túnel de trechos iluminados seguido das faixas escuras se estendia até onde os olhos brilhantes de Herobrine podiam enxergar. As tochas de redstone eram intercaladas por cintilantes fontes brancas. Um fluxo quase constante de HP branco e brilhante fluía daquelas fontes, as pequenas faíscas luminosas lançando respingos de luz nas paredes de pedra.

Ligadas ao túnel havia passagens perpendiculares, cada uma com suas próprias tochas e fontes de HP. Elas se cruzavam nos trechos escuros, de modo que eram visíveis apenas para quem estivesse posicionado diretamente nas sombras.

Os esqueletos ocupavam o caminho, seus corpos de um branco pálido agrupados em volta das fontes de HP cintilantes, bebendo as faíscas que os mantinham vivos. Essa era a alegria dos esqueletos... e sua maldição. Eles se alimentavam dessas fontes diariamente, mas isso os mantinha presos àquelas passagens subterrâneas, pois não durariam muito tempo longe da cidade de esqueletos.

Reunindo seus poderes de artífice, Herobrine fez com que seus olhos brilhassem intensamente, iluminando todo o comprimento do túnel e os outros que o cruzavam. Conhecendo bem o plano das cidades de esqueletos, ele se teleportou para a câmera de reunião que ficava no centro do sistema entrecruzado de túneis. Materializou-se no fim da grande câmara circular. O teto era baixo, com apenas cinco ou seis blocos de altura, mas o lugar possuía cinquenta blocos de comprimento, o que fazia com que o teto parecesse ainda mais baixo. Reluzentes fontes brancas de HP entremeavam o perímetro da câmara, emitindo um brilho tênue por todo o salão.

— Venham, meus filhos — disse Herobrine em voz alta, que ecoou por todos os túneis. — Temos muito o que conversar.

Lentamente, os esqueletos foram chegando à câmara, mas não rápido o suficiente para os padrões de Herobrine.

— VENHAM... *AGORA!* — ordenou ele, a voz trovejando pelas passagens.

Os esqueletos começaram a correr. O som de seus ossos se chocando ecoava pelas paredes de pedra. Herobrine gesticulou para que seis criaturas se aproximassem; seus olhos reluziam perigosamente. Elas avançaram com um olhar de medo nos rostos esqueléticos, pois sabiam que não tinham escolha. Quando estavam perto o bastante, ele sacou a espada e golpeou o HP delas, deixando-as à beira da destruição. Reunindo os ossos mal-conectados, ele se ajoelhou e começou a criar. Enquanto trabalhava, as mãos emitiam uma luz amarela pálida repugnante, que lhes dava um aspecto infeccioso, doente. O brilho insípido iluminou o rosto dele, conferindo ao artífice de sombras uma aparência esmaecida similar à cor dos esqueletos; o vermelho de sua túnica de lenhador parecia um laranja desbotado sujo.

Enquanto ele criava, os ossos dos esqueletos lentamente se combinavam, produzindo uma forma irreconhecível de partes torcidas e bordas irregulares. As mãos de Herobrine brilharam mais intensamente quando ele juntou dois ossos grandes, formando a espinha. Acrescentando partes curvas, criou costelas que faziam um arco em volta da espinha como os antigos pilares de alguma catedral medieval. Gradualmente, a forma monstruosa se transformou em um torso cúbico, e grossos braços e pernas musculosos surgiram. Por fim, uma aterrorizante cabeça de esqueleto apareceu. Quando terminou, a nova criação se arrastou até a brilhante fonte de HP que reluzia ali perto. Logo que a brasa vivificante se dissolveu nos ossos brancos, a criatura se levantou lentamente. Ele era uma cabeça mais alta que o resto dos esqueletos no salão, seus braços mais grossos e fortes. Assim que o HP fluiu para dentro do monstro ossudo, ele ficou ainda mais alto. E, quando seu HP se encheu, os olhos da criatura começaram a emitir um clarão vermelho profundo, que fez todos os outros esqueletos recuarem um passo.

Herobrine colocou um bloco no chão, subiu nele e dirigiu a palavra à cidade de esqueletos.

— Contemplem minha mais recente criação, o rei dos esqueletos. Ele vai comandá-los na Batalha Final e finalmente levar a raça dos esqueletos de volta à superfície de Minecraft.

Os esqueletos no salão começaram a murmurar ao som dessa declaração.

— Eu sei por quanto tempo vocês têm sofrido nestes túneis, forçados a ficar perto das suas preciosas fontes de HP — disse Herobrine em um tom mais baixo, forçando as criaturas a se aproximarem. — Essa foi a punição que receberam depois da primeira grande invasão zumbi. A raça dos esqueletos escolheu ajudar seus vizinhos monstros na causa justa de expulsar os NPCs, mas os habitantes do Mundo da Superfície puniram vocês pela sua dedicação aos seus irmãos verdes. Agora vocês vivem em sofrimento nestas cavernas escuras, sem poderem ir à superfície durante o dia.

Os esqueletos começaram a resmungar, alguns deles amaldiçoando os vis NPCs.

— Mas vocês vão viver outra vez debaixo do céu azul e da luz do dia — disse ele, com uma voz clara e alta.

— O cé... o céu... o céu... — ecoavam os monstros, cuja memória ancestral ansiava ficar sob a cúpula azul-claro do céu digital mais uma vez.

— Vocês foram punidos por muito tempo, e agora é hora de tomarem de volta o que é seu! — Herobrine apontou para o rei dos esqueletos. — Seu comandante conduzirá vocês e os esqueletos de todos os servidores na Batalha Final, que finalmente vai exterminar os NPCs de Minecraft!

Os esqueletos comemoraram, e seus gritos roucos ecoaram pelas paredes da câmara. Muitos levantaram seus arcos acima das cabeças, agitando punhos brancos em direção aos NPCs que viviam logo acima.

Herobrine levantou as mãos para o alto para acalmar a turba e continuou.

— Mas, antes de começarmos, há algumas tarefas que precisam realizar. Primeiro e mais importante, vocês têm que conseguir todo o couro que puderem. Não poupem nada nessa tarefa, nem mesmo as próprias vidas. Tudo depende do couro. — Ele então virou-se para o rei dos esqueletos. — Segundo, seu rei vai reunir todos os esqueletos e deixá-los preparados para quando eu os convocar. Vocês devem estar prontos quando eu der o sinal para a Batalha Final; qualquer atraso será severamente punido.

— Mas, mestre, como poderei viajar para as outras cidades esqueleto sem ser queimado pelo sol amaldiçoado? — perguntou o rei dos esqueletos. — Elas são muito distantes para que possa ir caminhando.

Os olhos de Herobrine brilharam por um instante, e ele desapareceu. Em um segundo, reapareceu com um cavalo-esqueleto ao lado.

— Você vai usar um capacete especialmente projetado por mim — explicou. — E montar este cavalo. — Herobrine enfiou a mão em seu inventário e jogou alguns itens no chão. Pedaços de armadura de suas vítimas caíram ruidosamente: ouro, ferro e couro, todos misturados em uma pilha. Herobrine pegou um capacete de ouro e o ergueu. Reunindo seus poderes de artífice, fez o elmo dourado brilhar em suas mãos e tornar-se cada vez mais brilhante, até os esqueletos serem obrigados a desviar o olhar. Quando a luz intensa enfraqueceu, os esqueletos se voltaram de novo para seu Criador. Gritos de euforia soaram assim que Herobrine colocou o capacete na cabeça do rei. Em vez de um capacete normal, quadrado, ele se tornara um conjunto de ossos dourados intrincadamente entrelaçados em uma coroa real.

— Sua coroa dourada de ossos o protegerá dos raios ardentes do sol, e seu cavalo-esqueleto o fará viajar mais rápido entre as cidades-esqueleto — disse ele, com os olhos cintilando de maldade. — Você plantará o medo nos corações de nosso inimigo quando for visto em seu poderoso corcel, usando sua coroa dourada de ossos. Ninguém ousará desafiá-lo.

Os esqueletos comemoraram quando seu rei olhou para eles, os ossos dourados refletindo as faíscas das fontes.

Herobrine então se virou e seguiu em direção à parede. Apanhou uma picareta de diamante e cavou um retângulo de três blocos de largura e quatro de altura na parede. Depois de colocar a ferramenta de volta em seu inventário, pressionou as mãos brilhantes contra a parede de pedra. Lentamente, uma luz cintilante se formou no buraco. Começou como um brilho tênue, que aos pouquinhos ficou mais forte, drenando a luz das fontes de HP. Quando Herobrine recuou, todos na câmara puderam ver um portal de brilho ondulante que agora ocupava o retângulo, cuja superfície resplandecente pulsava como se estivesse viva. O novo portal de teleporte iluminou a câmara com um brilho amarelo, pálido e tremulante.

Ele sorriu ao se afastar do portal recém-criado. Sentia-se fraco, pois seus poderes de artífice haviam sido levados ao limite, mas aquilo fora importante, e ele sabia que o rei dos esqueletos precisaria desses portais para reunir as tropas.

Herobrine encarou os esqueletos.

— Este portal levará vocês para as outras cidades--esqueleto — explicou. — Com minhas habilidades de artífice de sombras, eu acabei de modificar o código das cidades-esqueleto, para que haja um portal desses em cada uma.

Os esqueletos comemoraram ruidosamente.

— Quando eu der o sinal, esses portais levarão todos vocês à Batalha Final — gritou ele, depois sacou sua espada de diamante e a ergueu acima da cabeça.

— E quando encontrarmos nossos inimigos na Batalha Final, vamos destruí-los e retomar o Mundo da Superfície.

Os esqueletos deram vivas, gritando quase fora de controle.

— Agora, vão para a superfície e coletem o couro!

Os esqueletos debandaram da câmara e se dirigiram aos túneis sinuosos que levavam à superfície. Enquanto as criaturas saíam, o rei dos esqueletos se dirigiu a Herobrine, a mão ossuda segurando as rédeas do cavalo.

— Mestre, tenho uma pergunta — disse.

Herobrine percebeu que havia medo naqueles olhos vermelhos — medo do Criador. Ótimo.

— O que é?

— Como serei chamado? — perguntou o esqueleto.

Ele olhou para a criatura e refletiu por um instante, então se inspirou em algo que tinha aprendido ouvindo informações encantadoras na internet dos usuários.

— Eu vou chamá-lo de Ceifador — disse ele em voz lenta e trovejante. — Você será meu segundo cavaleiro.

Ceifador assentiu. Em seguida, montou seu cavalo-esqueleto e o guiou em direção ao portal.

— Prepare suas tropas, Ceifador, mas lembre-se... fracasso não será tolerado. Está entendido?

— Sim, Mestre.

— Então vá e reúna suas tropas.

Ceifador conduziu o cavalo através do portal amarelo pálido e desapareceu. Assim que Herobrine ficou completamente sozinho, soltou uma risada maquiavélica que ressoou nas próprias fundações de Minecraft.

— Em breve, Gameknight999, você se encontrará com meus quatro cavaleiros, e então veremos o quão inteligente você é.

Ele soltou uma risada curta e cruel, que feriu a música de Minecraft, e desapareceu. Seus olhos brilhantes e cheios de ódio foram os últimos a sumir.

CAPÍTULO 12

A REUNIÃO

Gameknight999 acordou sobressaltado. Seu coração batia forte, a respiração estava pesada. Sentando-se rapidamente, examinou os arredores para ver se havia algo errado. O céu brilhava com mil estrelas luminosas enquanto o rosto quadrado da lua se movia lentamente acima de sua cabeça. Ele viu sentinelas patrulhando a muralha recém-construída em torno da aldeia, suas armaduras tilintando baixinho enquanto caminhavam ao longo do parapeito. Havia arqueiros postados no topo das várias torres novas, as armas pontiagudas prontas para lançar uma chuva de setas de aço em qualquer monstro que ousasse se aproximar. Tudo parecia bem.

Então, o que me fez acordar assustado?

No instante em que passou do sono à vigília, teve a impressão de que algo maléfico estava fazendo um barulho sinistro de rosnado ou uivo em seus ouvidos. O mais estranho era que o som vinha de dentro da própria cabeça. Era um ruído seco e cruel — como se um monstro terrível estivesse rindo e rosnando ao mesmo tempo —, mas o barulho chegara através da música que tocava ao fundo, por meio das próprias estruturas de Minecraft... *Mas como aquilo era possível?*

De pé, Gameknight sacou a espada de diamante e caminhou até a escada que levava ao topo da barricada. Subindo a escadaria de pedra, chegou ao alto da muralha e olhou para o deserto. Não havia nada ali no escuro da madrugada além de cactos e areia.

Mesmo assim, não parecia tudo bem.

Correndo ao longo da muralha, rodeou o perímetro da vila. Os NPCs de guarda o encaravam como se ele estivesse louco. Tudo parecia calmo, mas Gameknight sabia que havia algo errado. O que ele tinha sentido na música de Minecraft significava algo... só não sabia o quê.

— CAÇADORA... *CADÊ A CAÇADORA?* — gritou Gameknight.

— Ela está dormindo na casa do ferreiro — disse um dos aldeões.

— Acordem-na... *AGORA!* — ordenou Gameknight999. — E encontrem a Costureira também. Preciso das duas.

Três NPCs correram para encontrar as irmãs, felizes por saírem de perto do agitado Usuário-que-não-é--um-usuário.

De repente, Talhador se colocou ao seu lado; a túnica cinza do NPC era quase invisível na escuridão da noite no deserto.

— O que está acontecendo? — perguntou.

— Não sei, mas algo não parece certo. — Gameknight se distanciou alguns passos do robusto NPC, depois voltou, andando de um lado para o outro. —

Talvez eu esteja ficando louco, mas acho que tem algo lá fora no escuro.

— Talvez você deva confiar em seus instintos — disse Talhador. — Meu irmão, Seleiro, tinha um faro especial para prever o tempo. Ninguém acreditava nele, só eu. Entende, ele sabia quando ia chover, mas, ainda mais importante, sabia quando teria relâmpagos. Quando éramos crianças... — Parou um minuto para rir de uma lembrança e abriu um sorriso em seu rosto quadrado. Os olhos cinza-pedra brilharam com a feliz recordação enquanto ele continuava. — Quando éramos crianças, costumávamos roubar uma espada de ferro quando ele sentia que uma tempestade se aproximava. Saíamos para os campos, enfiávamos a espada no chão e nos afastávamos para assistir. O relâmpago acertava a espada e a deixava com um forte brilho laranja, inundando a área com faíscas. — Ele riu de novo, então fechou os olhos para aproveitar o momento em sua mente. Devagar, abriu de novo, com olhos ainda cheios de alegria. — Na primeira vez, ele correu para o campo para retirar a espada do chão depois que ela parou de brilhar, mas ainda estava quente. Ele queimou a mão direita quando ergueu a espada pelo punho. Então a derrubou em cima do pé direito, que também ficou queimado. — Ele parou para sorrir, então riu de novo. — Teve que voltar para a aldeia pulando em um pé só, mas naquele momento todos tinham saído de suas casas para ver o relâmpago. Todos os NPCs viram meu irmão voltando e começaram a tirar sarro dele, pulando em um pé só ao entrarmos na aldeia. Ah... todos nós rimos por um dia inteiro... Bem, menos Seleiro. Depois daquilo, todos o chamaram de

Esquerdinha por um tempo... Ele odiava isso. Já adultos, fazíamos esse negócio com a espada sempre que uma tempestade se aproximava. Era uma das nossas diversões favoritas... Acho que não mais, agora.

Talhador ficou em silêncio, enquanto olhava para a escuridão. A alegria nos seus olhos cinzentos desapareceu, deixando em seu lugar pupilas de pedra fria cheias de tristeza e remorso.

— Ele estava na aldeia naquele dia... quando os monstros vieram.

O NPC se afastou alguns passos do Usuário-que-não-é-um-usuário e fitou a escuridão; todo o corpo dele estava tenso.

Talhador carrega um peso tão grande, pensou Gameknight.

Só naquele momento Caçadora subiu as escadas e ficou perante o Usuário-que-não-é-um-usuário, a irmã mais nova dela ao lado.

— Ouvi dizer que você está causando algum tipo de confusão e achou necessário me tirar do meu sonho glorioso — disse Caçadora. — Acredite ou não, eu estava sonhando que destruía monstros.

— Não me diga! — zombou Costureira com um sorriso, enquanto esfregava os olhos cansados. — Agora nos conte, o que está acontecendo, Gameknight?

— Não tenho certeza — respondeu ele.

— Que ótimo! — reagiu Caçadora. — Obrigada por nos acordar.

— Algo está acontecendo — continuou Gameknight. — Herobrine está tramando alguma coisa. Eu posso sentir, mas está escuro demais no deserto para conseguir enxergar. Preciso que vocês duas vão até a torre de vigia e disparem flechas em volta de toda a aldeia. Com o encantamento de chamas em seus arcos, suas flechas vão iluminar um pouco lá fora. Agora, VÃO!

Caçadora revirou os olhos para Gameknight999 e deu as costas tão rapidamente que seus cachos vermelhos bateram no rosto dele. Rindo, ela desceu as escadas e seguiu em direção à torre de vigia.

—Venha, Costureira... vamos iluminar o deserto — gritou Caçadora por cima do ombro enquanto corria.

A irmã mais nova se aproximou de Gameknight999, sorriu para ele, deu as costas e também o acertou com os longos cabelos ruivos cacheados, rindo enquanto seguia a mais velha.

—O que está acontecendo? — perguntou alguém atrás dele.

Ao se virar, ele viu sua própria irmã encarando-o, os olhos sonolentos ainda cheios de cansaço.

—Não sei — respondeu Gameknight. — Caçadora e Costureira vão atirar flechas no deserto para que possamos ver o que está lá.

—O que quer que eu faça?

Ele percebeu que ela estava ansiosa para ajudar.

—Vá para a torre de vigia e permaneça atenta. Preciso de seus olhos para nos dizer o que está lá fora.

—Entendi! — disse ela. Sorrindo, deu as costas e o acertou com seus cachos azuis.

—Odeio isso! — exclamou Gameknight.

Monet riu.

Ele sorriu enquanto a observava correr até a torre de arenito. Em segundos, Monet e as irmãs apareceram no topo. Seus arcos luminosos brilhavam na escuridão, iluminando a torre com um brilho azul. Caçadora e Costureira esticaram as cordas dos arcos e dispararam. No mesmo instante, um fogo mágico começou a flamejar nas pontas das flechas, que cortaram a escuridão como dois pequenos meteoros caindo do céu. Quando acertaram o chão, as setas fincaram-se na pálida areia amarela, mas continuaram a arder, emitindo um círculo de luz.

Lentamente, as irmãs dispararam mais flechas nas trevas, com Caçadora à esquerda e Costureira à direita. Elas pintaram um arco de luz flamejante em um dos lados da aldeia. Gameknight observou atentamente o deserto do alto da muralha, procurando Herobrine e seus monstros destruidores, mas tudo o que viu foi arbustos marrons mirrados e cactos verdes, os únicos habitantes daquela terra estéril e seca.

As irmãs continuaram a disparar flechas, competindo entre si para ver quem conseguia atirar mais longe. Enquanto disparavam, Gameknight seguia a trilha brilhante de Caçadora, e Talhador, a de Costureira. Com os projéteis ardentes fincados na areia, as irmãs foram aos poucos pintando grandes arcos flamejantes em volta de toda a aldeia. A paisagem se iluminava com uma luz mágica e bruxuleante... mas só se podia ver o deserto vazio iluminado pelas chamas.

Aos poucos, os dois arcos de fogo começaram a se aproximar à medida que Caçadora e Costureira completavam o círculo. Gameknight olhou para o ponto escuro que ainda estava escondido conforme as áreas nas sombras ficavam cada vez menores. A distância, ele mal conseguia perceber o contorno do Templo do Deserto, o local onde haviam lutado contra os zumbis.

Será que existe uma vila zumbi lá fora, em algum lugar?

O espaço escuro ficou ainda menor à medida que Caçadora e Costureira preenchiam a escuridão.

Alguma coisa se moveu lá, mesmo? Aquilo ali foi um brilho dourado? Eu devo estar ficando louco.

Outro par de flechas cruzou os ares e caiu sobre uma duna, emitindo mais luz no entorno; o círculo agora estava quase completo.

Ainda nada... eu devo estar ficando louco... espere... o que foi isso?

Ele teve certeza de ter visto algo, uma forma negra se movendo lentamente pelas sombras, mas que parecia grande demais para ser um monstro... devia ser mera imaginação dele.

As irmãs dispararam as duas últimas flechas. Gameknight as observou fazendo um arco suave nos ares e chegando ao chão. Uma acertou um cacto alto, explodindo-o em chamas.

Mas ninguém percebeu o cacto queimando.

— Lá! — indicou Monet. — Estou vendo algo!

Um dos aldeões gritou e saiu de perto da muralha para encontrar os filhos.

Gameknight ficou chocado e paralisado de medo.

— Não pode ser — disse ele. — Não...

— Ah... vejo que o Tolo está diante de mim mais uma vez — vociferou uma voz grave no deserto. — Por que não vem até aqui e me enfrenta, Tolo? Desta vez, o resultado será diferente, pode ter certeza.

Gameknight encarou o monstro e foi tomado pelo pânico.

— Como ele pode estar aqui... como nos encontrou? — perguntou, mas a aldeia inteira estava em pânico e ninguém o ouviu, exceto Talhador, que permaneceu ao seu lado.

— O Usuário-que-não-é-um-usuário parece estar com medo... isso não é uma surpresa — rosnou o monstro.

Agora todos conseguiam ver um enorme exército de zumbis se aproximando do círculo de luz flamejante, as garras escuras brilhando.

O monstro avançou até ficar completamente iluminado pelo brilho das flechas de fogo, revelando Xa-Tul em seu enorme cavalo-zumbi. Os olhos do corcel brilhavam em um tom vermelho-sangue, tal qual os do próprio rei, e a cota de malha do zumbi cintilava ao luar, conferindo-lhe uma aparência quase mágica.

Incitando a montaria a avançar mais um passo, o rei dos zumbis olhou fixamente para Gameknight999 e apontou sua enorme espada dourada para ele.

— ZUMBIS... *ATAQUEM!* — berrou Xa-Tul, a voz fazendo o deserto tremer de medo.

Descendo do cavalo, avançou mais um passo e olhou diretamente para Gameknight999.

— Da última vez o Usuário-que-não-é-um-usuário venceu, mas agora vai ser diferente. — Xa-Tul deu mais um passo à frente e atingiu um bloco de arenito com sua espada, transformando-o em poeira. Ele sorriu e falou em um tom alto e grave para todos ouvirem: — Venha, usuário... vamos dançar.

CAPÍTULO 13

MUDANDO O JOGO

s zumbis avançaram, espalhando-se ao redor de Xa-Tul como se ele fosse uma grande pedra no meio de um rio abundante. Arqueiros abriram fogo contra a horda que se aproximava, e quase todos acertaram o alvo — havia tantos zumbis que era muito difícil errar. Flechas flamejantes voavam da torre de vigia e acendiam o TNT que estava enterrado na areia. Os blocos vermelhos e brancos começaram a piscar e explodiram, abrindo rasgos profundos na paisagem do deserto. Zumbis voavam pelo ar em todas as direções conforme os cubos detonavam, mas ainda assim as criaturas continuavam a atacar nas trevas, ignorando as explosões.

Gameknight olhou o enorme fluxo de zumbis — devia haver centenas. O som dos seus gemidos invadia a escuridão e ia além, provocando pequenos arrepios quadrados na base da sua espinha.

— São muitos — murmurou o Usuário-que-não-é--um-usuário, fitando o exército inimigo sem acreditar. — Como ele conseguiu tantos zumbis...? De onde vieram?

Gameknight permaneceu imóvel, encarando a horda com um olhar de desespero no rosto quadrado.

— Como poderemos lutar contra tantos? — murmurou para si mesmo.

Olhando em volta, percebeu que todos os aldeões disparavam arcos, mas as flechas não conseguiam diminuir a onda de destruição que desabava sobre eles. Ouvia as garras dos zumbis arranhando as paredes de pedra que protegiam os defensores. Seus rugidos de fúria encheram o ar com tanto ódio que ele teve vontade de tapar os ouvidos. Deixando de lado essa ideia, inclinou-se na beira da muralha para olhar os inimigos lá embaixo. Tomados de fúria, os monstros estavam começando a subir um em cima do outro, na tentativa de alcançar a muralha e atacar os defensores.

De repente, uma cabeça de zumbi apareceu na frente de Gameknight. Antes que ele pudesse reagir, Talhador surgiu com sua picareta, atingiu o monstro e o destruiu rapidamente. Movendo-se ao longo da muralha, o NPC esmagava os zumbis que se aproximavam do alto, arrancando o HP deles com violentos golpes de picareta. Mais espadachins chegaram à muralha, seguindo o exemplo de Talhador... Porém, ainda assim, eram pouquíssimos defensores. A onda de zumbis uma hora acabaria tomando conta da muralha e conseguiria invadir a aldeia.

Água, disse uma voz familiar na cabeça de Gameknight. Era Shawny.

O quê?, perguntou ele.

Use água para atrasar os zumbis, orientou Shawny pelo chat. As palavras iam se formando na mente de Gameknight.

— Claro! — exclamou ele.

Desembainhando a espada, Gameknight999 pegou um balde e correu em direção às plantações.

— Gameknight, o que você está fazendo? — gritou Artífice, da muralha defensiva.

O jovem NPC empunhava sua espada de ferro, cuja lâmina geralmente cega agora resplandecia com um poder mágico. Ele se livrava dos zumbis que apareciam no alto da muralha, mandando-os de volta para o vazio, o XP deles caído no chão.

— Pegue um balde e me siga! — berrou em resposta, disparando para o jardim.

Ele mergulhou o balde na água e voltou correndo para a muralha, passando por Artífice no caminho. Subindo os degraus com pressa, o Usuário-que-não-é-um-usuário cuidadosamente derramou a água pela face externa da muralha, formando um fluxo de líquido que caía sobre os zumbis em investida. A cachoeira impossibilitou que as criaturas atacassem aquela área da muralha, forçando-os a se separarem e irem para outra parte.

Sorrindo, Gameknight999 olhou para o céu estrelado e murmurou "obrigado" para o amigo.

Os NPCs, ao verem o que o Usuário-que-não-é-um-usuário tinha feito, pegaram seus baldes e correram até a água que irrigava as plantações. Os baldes se sucediam e a fonte d'água foi rapidamente secando conforme o líquido precioso era levado à muralha para defender Minecraft.

— Ha, ha, ha! — vociferou Xa-Tul. — O Usuário-que-não-é-um-usuário pensa que o exército de Xa-Tul pode ser impedido com alguns poucos baldes de água? HA! Venha até aqui, tolo, e enfrente o rei dos zumbis. O resultado será diferente desta vez!

Gameknight olhou para o monstro e estremeceu de medo.

Eu quase não sobrevivi na última vez em que o enfrentei, pensou. *Não sei se consigo derrotá-lo de novo.*

Fechando os olhos, tentou se imaginar lutando contra o rei dos zumbis, mas tudo o que conseguia ver em sua mente era a enorme espada de ouro esmagando-o.

— Zumbis, afastem-se da água e ataquem outra parte — ordenou Xa-Tul.

As criaturas em decomposição ouviram a ordem e escolheram uma área seca da muralha. Muitos dos NPCs correram de volta aos campos com seus baldes vazios, mas encontraram o córrego completamente exaurido. Não havia mais água; a única opção era lutar.

— Gameknight, o que faremos? — indagou uma voz ansiosa à direita.

Ao se virar, viu Artífice olhando para ele, os brilhantes olhos azuis cheios de medo.

— Como paramos todos esses monstros? — continuou Artífice. — Você precisa pensar em um dos seus famosos truques, e rápido!

— Usuário-que-não-é-um-usuário, quais são as ordens? — Dessa vez quem perguntava era Escavador.

Ele olhou para o grande NPC e viu que a reluzente picareta de ferro estava amassada e rachada... tinha sido muito usada nos últimos dez minutos.

— Gameknight, que tal alguma estratégia especial para nos ajudar antes que sejamos todos mortos? — gritou Caçadora, do topo da torre de vigia.

Ele olhou para ela, que estava atirando nos monstros o mais rápido possível, com Costureira e Monet a seu lado. Então olhou para a muralha e viu os NPCs emitindo clarões vermelhos à medida que as garras dos zumbis arranhavam suas pernas expostas. Um dos monstros estendeu um braço e agarrou a perna de um defensor, atirando-o para baixo da muralha. A alma condenada caiu no meio dos zumbis e desapareceu quase que instantaneamente.

— Qual o problema; o Usuário-que-não-é-um-usuário não tem nada a dizer desta vez? — gritou Xa-Tul.

— Talvez isso ajude.

O rei dos zumbis soltou um urro cortante assustador, que foi ecoado por mais monstros na escuridão. Outra onda enorme de zumbis avançou com a intenção de destruir a aldeia e todos os seus habitantes. Os monstros haviam se multiplicado e estavam atacando por todos os lados da vila.

— Pense nisso como um presentinho de Herobrine — gritou Xa-Tul para seu inimigo. — Mas não se preocupe, há mais de onde esse veio... muito mais! Ha, ha, ha!

A risada maníaca do rei dos zumbis fez com que os monstros em decomposição reunidos ao redor da muralha gemessem na expectativa da vitória iminente. O som fez Gameknight999 largar sua espada e tapar os ouvidos com as mãos.

— Usuário-que-não-é-um-usuário... o que faremos...

— Quais são suas ordens...?

— Como devemos lutar contra isso...?

— Para onde vamos...?

Todas as perguntas esmagaram a coragem de Gameknight como um martelo gigante.

Não sei o que fazer... odeio essa responsabilidade... ODEIO!

Ele se abaixou e pegou a espada, então olhou para os rostos que o encaravam, à espera de que inventasse algum tipo de milagre e salvasse todos.

Não quero fracassar com essas pessoas e conduzi-las para a morte, mas estou com medo de ordenar qualquer coisa ou tomar qualquer decisão... o que fazer?

E então uma voz veio a ele, de muito longe. Flutuou em uma onda musical suave que lentamente caiu sobre Gameknight, afastando seu pânico e levantando seu ânimo.

Você só pode conquistar aquilo que imagina ser capaz, disse a Oráculo.

Mas não consigo imaginar nada... apenas fracasso!, gritou em resposta.

O fracasso surge apenas quando alguém se recusa a tentar. Você não pode lutar contra esses monstros; eles são numerosos demais. Se tentar resistir a essa avalanche, você e seus amigos serão arrastados.

Obrigado por perceber isso, retrucou ele. *Foi muito útil.*

Se você não pode lutar, não lute... Escolha outro caminho, orientou a Oráculo. *Se sempre fizer o que o Herobrine quer que você faça, ele vai ter a vitória. Herobrine enviou seus servos para atraí-lo a uma batalha, mas você não deve dançar conforme a música. Em vez disso, faça suas escolhas e se mantenha fiel a seus amigos, pois eles estão todos contando com você, tanto em Minecraft como no mundo físico. Toda a esperança está depositada sobre o Usuário-que-não-é-um-usuário. Que você possa encontrar a sabedoria para saber quando lutar e quando não lutar.*

Então a música de Minecraft dispersou, carregando consigo um pouco de seu medo e incerteza.

Eu tenho que descobrir o que fazer, mas... não podemos lutar.

Então se lembrou de algo que um amigo, Impafra, tinha ensinado: se você não tem espaço para recuar, ataque. Talvez o contrário fosse verdade também.

Se você não pode atacar, recue... isso é o que devemos fazer.

Olhando para cima, ele viu todos os rostos que o encaravam ansiosamente.

— Todos vocês, para a câmara de criação! — gritou ele. — Vamos todos pegar o mesmo túnel e seguir para a próxima vila. *CORRAM!*

Os NPCs não esperaram uma segunda ordem. Todos dispararam para a torre de vigia e o túnel secreto que ficava sob a fundação. Gameknight andava lentamente, permitindo que os moradores seguissem primeiro.

— Gameknight, você deve entrar na câmara — disse Talhador, empurrando-o suavemente pelas costas.

— Não, eu vou por último. Alguém tem que ativar o TNT para que os monstros não possam nos seguir, e esse trabalho é meu.

Ele ouviu os gemidos das criaturas aumentando de volume à medida que se aproximavam do alto da muralha.

— Talhador, preciso que você cuide da minha irmã — pediu ele, apontando para Monet, que ainda estava no alto da torre de vigia com Caçadora e Costureira. — Por favor... leve-a para os carrinhos. Carregue-a se precisar, mas deixe-a em segurança.

O NPC assentiu, seus olhos cinza-pedra encarando Gameknight999 com confiança e força. Deu as costas, correu para a torre de vigia e subiu as escadas. No alto, Gameknight conseguia ouvir Monet discutindo com Talhador; mas ela foi ficando mais quieta conforme o seguia pelos degraus e entrava na câmara de criação.

Rosnados ecoaram dentro das muralhas... os zumbis haviam chegado à aldeia.

— Gameknight, vamos! — chamou Caçadora da porta da torre de vigia. — Todos estão na...

Ela parou de falar ao preparar uma flecha e disparar na direção do zumbi que investia sobre eles. Outra flecha voou da janela da construção, acertando o monstro no peito e consumindo seu HP. Ele desapareceu com um estouro. Costureira se inclinou para fora da janela e sorriu para Gameknight antes de desaparecer dentro do túnel que levava até a câmara subterrânea.

— Vamos! — gritou Caçadora. — Todos estão na câmara.

— Está bem, vamos...

De repente, o chão estremeceu no momento em que um estrondo de algo quebrando invadiu o local. Ouviu-se outro estouro, depois outro e mais outro, até que parte da muralha desabou, estraçalhada por uma espada dourada. Assim que a poeira baixou, Gameknight viu Xa-Tul onde a muralha agora jazia em ruínas, empunhando sua poderosa espada dourada. Zumbis despontaram pela abertura e invadiram a aldeia, procurando vítimas.

O rei dos zumbis apontou a espada para Gameknight e abriu um sorriso sinistro e cheio de dentes.

— Para onde o brinquedo de Herobrine está indo? — berrou Xa-Tul, rindo insanamente.

O medo percorreu cada nervo de Gameknight enquanto ele observava o monstro se aproximar. Então alguém o agarrou pela parte traseira de sua armadura peitoral e puxou-o para trás. Despencando no chão, ele viu Caçadora de pé acima dele, seus olhos castanhos faiscando de raiva.

— Vamos, seu idiota! — gritou ela, entrando no túnel em seguida.

Gameknight se levantou e a seguiu pela escada. Ao chegar lá embaixo, correu pelo sistema de túneis e adentrou a câmara de criação. Os últimos aldeões estavam entrando nos carrinhos de mineração e desaparecendo pelos trilhos, deixando apenas Talhador e Caçadora para trás.

— Vão! — Gameknight gritou enquanto descia as escadas que levavam à câmara.

Sem esperar para discutir o assunto, Caçadora pulou em um carrinho e disparou pelo túnel escuro.

— Talhador... vá!

— Eu vou seguir o Usuário-que-não-é-um-usuário — disse o NPC, com sua grande picareta nas mãos fortes.

— Talhador... isso é algo que *eu* tenho que fazer. Preciso enfrentar o rei dos zumbis antes de ir ou vou continuar sentindo medo dele. Ele precisa me ver aqui, destemido, para que eu possa plantar uma semente de dúvida naquele cérebro de ervilha. Você entende?

— Eu entendo a maior parte do que você disse, mas tenho uma pergunta.

— O que é? — perguntou Gameknight.

— O que é uma ervilha?

Gameknight riu, então jogou Talhador em um carrinho e o empurrou. Conforme o NPC ia sumindo, houve um estrondo nas portas da entrada da caverna causado por um grande golpe. Olhando naquela direção, Gameknight viu a lâmina de Xa-Tul partindo as portas de ferro em pedaços. O rei dos zumbis entrou na câmara e encarou a presa.

— Xa-Tul finalmente encontrou o Usuário-que-não--é-um-usuário. Está na hora de batalharmos. Venha... encare o destino reservado para Gameknight999.

— Eu sei que Herobrine não vai deixar você me matar, então pare com essas ameaças patéticas.

— Xa-Tul não disse que o Tolo seria morto, apenas que iria sofrer — disse o rei dos zumbis, agitando a espada.

Gameknight olhou para aquela lâmina e se lembrou dela golpeando-o no último encontro entre eles dois. Ondas de medo começaram a borbulhar dentro de sua alma, gerando sentimentos de dúvida e incerteza.

NÃO! Eu não terei medo... essa é a música que Herobrine quer que eu dance. EU ME RECUSO a sentir medo!

Fechando os olhos, imaginou a raiva no rosto de Xa-Tul quando ele desaparecesse no túnel e começou a rir.

— Do que o tolo está rindo?

— Eu estou rindo de você... Quem é o tolo agora?

— Como? — perguntou Xa-Tul.

Gameknight entrou em um carrinho e ficou de pé, encarando o monstro.

— Não vou ficar com medo de você desta vez, Xa--Tul! — rebateu. — Eu sou Gameknight999, o Usuário-que-não-é-um-usuário, e não vou deixar você machucar meus amigos!

A coragem limpou a névoa de medo que embaçava a mente dele — coragem que era capaz de resistir a Herobrine e seus monstros. Ele desembainhou a espada de diamante e a apontou-para o rei dos zumbis.

— Da próxima vez que nos encontrarmos, vou terminar o que comecei na frente da aldeia de Artífice... e será a sua destruição e a de Herobrine!

Estendeu a mão e puxou uma alavanca, ativando um circuito de redstone. No mesmo instante, a trilha de pó vermelho que serpenteava em volta da câmara se acendeu em um tom vermelho brilhante, e repetidores brilharam, criando uma pausa na fuga. Ele viu o sinal da redstone se mover pelos repetidores e finalmente chegar aos blocos de TNT que rodeavam cada um dos túneis de carrinhos de mineração.

— NÃÃÃÃÃO! — gritou Xa-Tul.

Empurrando o carrinho para frente, Gameknight999 se sentou e riu para o monstro enquanto desaparecia no túnel. Segundos depois, o chão tremeu com a explosão de TNT. As bombas selaram todos os túneis, impedindo qualquer acesso dos zumbis. E, em meio aos ecos dos estrondos, o Usuário-que-não-é-um-usuário ouviu Xa-Tul gritar de frustração.

Sorriu.

— Cansei de ter medo! — disse Gameknight999 para ninguém... e para todos. — Estou cansado de sentir medo dessa responsabilidade porque eu *talvez* falhe. Esses dias acabaram. Cansei de jogar seu jogo, Herobrine! — gritou com toda a força. — Está na hora de jogarmos o meu!

CAPÍTULO 14

O NETHER

Herobrine se materializou em uma rocha sobre um enorme oceano de lava. O chão ao redor era feito de rocha-do-Nether da cor de ferrugem, com pedaços de quartzos brilhantes do Nether aqui e ali. Olhando para o teto de pedra, viu grupos de cubos de pedra luminosa presos ao teto como se houvessem sido cimentados ali, seu brilho amarelo somando-se ao laranja radiante da lava.

Ele inspirou lentamente, enchendo os pulmões com ar quente misturado a fumaça e cinzas... foi maravilhoso.

Ao se virar para contemplar o ambiente, viu homens-porcos zumbis estúpidos andando, espadas douradas em punho. A distância, viu grandes ghasts brancos flutuando sobre o mar fervilhante. Muitos arrastavam seus nove longos tentáculos pela pedra derretida enquanto boiavam pelo mar de lava. Seus gritos, semelhantes a choro de bebê, tomavam conta do local.

Fechando os olhos, teleportou-se para a margem mais distante do oceano antes de se virar e inspecionar o ambiente. Continuava o mesmo, com rios de lava caindo de grandes alturas formando um enorme lago de pedra derretida que escorria para o mar. Em toda parte, via os homens-porcos zumbis e os ghasts, mas não era eles que queria.

Então encontrou o que viera procurando: um pilar solitário de pedra escura projetando-se do mar de lava. Ele se teleportou até a estrutura e viu que havia mais pilares próximos, cada qual construído com tijolos do Nether cor de vinho escuro. Sobre as colunas, avistou uma passarela suspensa sobre os suportes altos. Teleportando-se para cima, ele se materializou no topo de uma passagem que surgia na distância. Caminhou ao longo da passarela e parou ao lado de uma montanha de rocha-do-Nether e areia movediça.

Herobrine riu.

A maioria dos usuários imaginaria que o edifício terminava ali, ao lado do monte de rocha-do-Nether enferrujado, mas a pegadinha era justamente aquela. Um século antes, Herobrine tinha alterado o código que controlava as fortalezas do Nether para que algumas delas ficassem ocultas pela rocha-do-Nether, impedindo que os usuários vissem o que se escondia ali. Avançando para a barreira de blocos, fechou os olhos e reuniu seus poderes de artífice. À medida que suas mãos começaram a emitir o já conhecido brilho amarelo doentio, ele cravou as mãos na encosta da montanha e se concentrou com todas as forças. Lentamente, como se estivesse sendo apagada aos poucos, a montanha de rocha-do-Nether desapareceu como se nunca houvesse existido. Porém não foi apenas a montanha à frente que se desintegrou; foram todos os blocos que escondiam a fortaleza.

Em poucos instantes, a edificação inteira ficou visível para Herobrine: cada passarela elevada, sacada, sala do tesouro e câmara de procriação. A estrutura se estendia em todas as direções; era muito maior do que qualquer usuário ou NPC poderia suspeitar. Longas passarelas elevadas se estendiam ali, sustentadas por altas colunas de tijolos de Nether. Elas pairavam bem alto acima da área; algumas se entrecruzavam em câmaras quadradas enquanto outras despontavam a distância em linha reta, desaparecendo em névoa e fumaça. No centro do complexo de passagens havia uma enorme estrutura retangular; todos os corredores elevados aos poucos serpenteavam em direção ao gigantesco prédio. Enquanto Herobrine contemplava a fortaleza, percebeu que lembrava uma enorme aranha negra. As passarelas elevadas se assemelhavam a patas peludas, todas conectadas a um corpo central bulboso que se estendia por toda a paisagem. A criatura titânica estava pronta para atacar uma presa distraída.

A comparação fez Herobrine sorrir. Fechando os olhos, ele absorveu as sensações ao seu redor: o calor, a fumaça... tudo.

Foi maravilhoso.

Ele estava cercado pelos sons do Nether: o ronronar dos ghasts, os gemidos tristes dos homens-porcos zumbis, os ruídos dos esqueletos debilitados, os sons pegajosos dos cubos de magma e os chiados mecânicos dos blazes. Todos haviam percebido sua presença e não tinham certeza se deviam se aproximar ou fugir.

Herobrine olhou para um enorme grupo de ghasts que se aproximava e franziu a testa. Sua última tentativa de destruir a Fonte e escapar daqueles servidores patéticos falhara miseravelmente por causa daquele ghast imbecil, Malacoda, o Rei do Nether. Aquele saco de gás flutuante construíra uma fortaleza tão grande como aquela... talvez ainda maior. Porém o ghast idiota o fizera por ganância, não estratégia. Ele havia desejado o maior exército e a maior fortaleza que existiam apenas para satisfazer o próprio ego. Tal ambição e tal vaidade, contudo, o levaram à derrota e ao fracasso do plano de Herobrine. Ele não cometeria esse erro novamente. Os ghasts eram tão egoístas... tão focados em seus egos superinflados. Herobrine sabia que aqueles gigantes flutuantes tinham muito o que provar devido ao ato vergonhoso que os condenara àquele mundo flamejante, os rostos para sempre marcados com as lágrimas que nunca vinham. Não; daquela vez, ele precisava de algo sensato e terrível.

A respiração um tanto robótica de um blaze soou diretamente atrás dele. Virando-se, sacou a espada e encarou o monstro flamejante, que simplesmente pairava, encarando Herobrine com seus olhos negros como carvão, as hastes flamejantes girando em seu interior embebido em chamas

— Blazes... é disso que eu preciso — disse Herobrine para a criatura de fogo, teleportando-se, então, para longe.

No mesmo instante ele se materializou na enorme estrutura quadrada que ficava no meio da fortaleza. Era um enorme salão com um pedestal alto no meio, de onde poderia se dirigir às criaturas do Nether. Ele não tinha se dirigido até ali para discursar, contudo... mas sim para criar. Teleportou-se em direção a um grupo de blazes que se aproximava. Sacando sua espada de diamante, ele os atacou como fizera com os esqueletos e zumbis, para criar seus outros dois reis. Tal como antes, os blazes caíram no chão com o HP quase consumido. Com seus poderes de artífice, ele reuniu as criaturas e formou um novo blaze, maior e mais forte que qualquer outro.

Assim que a força vital da criatura se estabilizou, Herobrine desapareceu e reapareceu no instante seguinte com um balde cheio de lava. O artífice de sombras derramou a pedra fundida ao lado da criatura. O novo blaze se inclinou e bebeu o líquido incandescente. A lava fez com que suas chamas internas se tornassem ainda mais brilhantes e quentes, restabelecendo sua saúde de fogo. Quando o grande blaze ficou mais forte, levantou-se e flutuou até o pequeno lago, sem parar de absorver o HP vivificante do calor da lava. O brilho daqueles olhos era de um tom vermelho-sangue.

Àquela altura, a enorme câmara já estava repleta de criaturas do Nether. Blazes se aglomeravam à frente para admirar a nova criação grande e imponente. As criaturas elementais do fogo sabiam que sua posição na hierarquia do Nether tinha acabado de melhorar significativamente.

À medida que mais monstros entravam na enorme câmara, Herobrine se teleportou para o pedestal situado no centro.

— Amigos, a hora de nossa vingança está próxima — gritou para a multidão. — A Batalha Final se aproxima, e desta vez não vamos confiar em nenhum ghast para nos liderar.

Os homens-porcos zumbis gemeram, os esqueletos estalaram, os blazes chiaram e os cubos de magma saltaram. Todos olharam para os ghasts que flutuavam sobre suas cabeças.

— Desta vez, vamos destruir os NPCs do Mundo da Superfície, e vocês poderão me auxiliar destruindo o Usuário-que-não-é-um-usuário.

Todos os monstros soltaram vivas, cada um à sua maneira. Era um som estranho, que não parecia exatamente de júbilo, mas ele entendera a intenção.

— Vocês foram banidos da terra do *céu* por tempo demais.

Aquela palavra desencadeou uma reação solene nos monstros; seus olhos se moveram para cima, não em direção aos ghasts ou ao teto rochoso, mas ao tão imaginado céu azul que fora negado a eles havia muito tempo.

— E agora é a vez da vingança contra os NPCs e seu líder. Seu novo rei dos blazes irá liderá-los à vitória, mas vocês precisam reunir o povo e trazê-lo até aqui, pois vamos lançar o ataque ao Mundo da Superfície a partir desta fortaleza!

Mais urras.

Movendo-se para uma porta, Herobrine estendeu as mãos e deixou que seus poderes de artífice entrassem em ação. Conforme elas brilhavam, um portal começou a se formar na entrada, seu campo roxo de teleporte ficando cada vez mais brilhante. Em pouco tempo, uma superfície ondulante se estabilizou enquanto partículas faiscantes lilás flutuavam em volta da beira do campo, fazendo o perímetro brilhar e resplandecer.

O artífice de sombras atravessou o portal e desapareceu por um instante, para voltar em seguida com uma égua castanha às suas costas. Ela parecia apavorada por estar no Nether; o calor lhe era insuportável. Aquilo não importava, porém; logo ela se tornaria outra coisa.

Herobrine puxou o animal na direção de alguns blazes e o acertou com sua espada, retirando HP. Enfiou a mão no centro de alguns blazes e puxou suas hastes flamejantes para fora. Sem as hastes para manter suas chamas elementais unidas, eles explodiram, banhando as criaturas chamejantes mais próximas com um fogo que elas alegremente absorveram. Moldando as hastes flamejantes com o que ainda restava da égua, ele criou um novo tipo de cavalo. Era um animal de chamas e fumaça, de labaredas e cinzas. Enquanto a criatura se erguia, o artífice de sombras recuou e admirou o próprio trabalho. O cavalo agora parecia um cavalo-esqueleto, só que, em vez de ter um corpo feito de ossos, contava com um feito de hastes flamejantes. Chamas envolviam o animal, aquele corpo de fogo, as hastes emitindo um clarão laranja intenso em seu interior.

Herobrine trouxe o cavalo de fogo até o rei dos blazes e fez sinal para que o novo soberano o montasse. Subindo no corcel, o rei dos blazes observou seus novos súditos de cima.

—Vejam, todos! Eu lhes apresento meu terceiro cavaleiro, Caríbdis, rei dos blazes. Ele vai liderar as criaturas do Nether na gloriosa batalha para destruir os NPCs do Mundo da Superfície e recuperar o que foi roubado de vocês... *o céu!*

Os monstros soltaram urras e vivas... até mesmo os ghasts.

Chegando perto de Caríbdis, Herobrine falou em tom baixo:

— Reúna todos seus blazes e traga-os até aqui. Use as outras criaturas do Nether para essa tarefa. Quando eu der o sinal, você vai atravessar este portal e virá para o meu lado na Batalha Final. Você entendeu?

— Caríbdis entendeu — disse o rei dos blazes, com a voz chiada e mecânica.

— Excelente — respondeu Herobrine, deixando então seus olhos brilharem intensamente. — Fracasso não será tolerado... entendido?

Caríbdis assentiu.

— Prepare-se e não falhe comigo.

O rei dos blazes assentiu de novo, em seguida se virou e começou a dar ordens. Os monstros do Nether ouviram seus comandos e, então, saíram do salão para executar suas tarefas.

Herobrine fechou os olhos e imaginou a expressão de Gameknight999 ao ver centenas de blazes emergirem do portal para o Mundo da Superfície. Começou a rir, primeiro com uma fraca risadinha maligna, que logo cresceu, porém, para uma gargalhada rouca e ruidosa que encheu a câmara de ecos.

— Só falta mais um cavaleiro — gritou Herobrine para a parede da câmara. — E então vou atrás de você, Usuário-que-não-é-um-usuário!

Com olhos incandescentes, ele desapareceu do Nether e se dirigiu para seu último rei... aquele que faria o sangue dos seus inimigos congelar e acabaria com todas as esperanças dos NPCs do Mundo da Superfície.

CAPÍTULO 15

LULAS

ameknight saiu do túnel de carrinhos de mineração e se deparou com uma grande confusão. A passagem os levara para outra aldeia, o que não era uma surpresa, mas provavelmente o surgimento repentino de uma centena de carrinhos se mostrara um grande choque para a comunidade que eles acabaram invadindo.

Ele saiu do seu transporte, foi até o centro da câmara, deu um salto e colocou um bloco de pedra sob os pés. Fez isso várias vezes, até que todos parassem de falar e olhassem para ele. Nesse momento, Gameknight999 já estava a sete blocos de altura.

— Todos parem de falar e ouçam — disse para os NPCs. — Onde está o artífice da aldeia?

— Aqui — respondeu uma voz na multidão.

Um velho NPC grisalho deu um passo à frente, o corpo curvado pela idade. Como esperado, sua túnica era preta com uma faixa cinza vertical no centro.

— O que significa tudo isso? — perguntou o artífice, com voz grave e áspera.

— Vamos explicar logo — falou Gameknight. — Mas, primeiro, uma pergunta... esta vila fica na costa?

— Não, estamos no meio dos campos com um bioma de floresta de eucaliptos de um lado e uma gigantesca taiga do outro. Por quê?

— Precisamos encontrar um Monumento Oceânico, rápido — disse ele, depois se virou para procurar na multidão. — Onde está Artífice?

— Aqui — disse uma voz jovem, e uma mãozinha brotou no meio da multidão.

— Chegue mais perto — disse ele, enquanto se livrava dos blocos sob os pés com sua picareta. Quando chegou ao chão, viu-se diante de Artífice. — Precisamos de batedores para procurar uma aldeia costeira. Herobrine sabe onde estamos e virá logo.

— Mas nós não estamos mais lá — contestou Escavador, enquanto abria caminho no meio daquele amontado de gente.

— Sim, mas sabe que estamos perto. Temos que ser rápidos agora ou seremos destruídos. — Então se virou para Artífice: — Tenho que encontrar o Monumento Oceânico e o Livro da Sabedoria para descobrir como derrotá-lo.

— Mas onde procuramos? — perguntou seu jovem amigo.

— Não sei. O que sabemos é que fica no oceano, por isso precisamos achar uma aldeia costeira. Esse será o primeiro lugar onde vamos procurar. Envie batedores por todos os trilhos. Precisamos procurar em todos lugares, o mais rápido possível. Todas as nossas vidas dependem disso.

Artífice assentiu e em seguida se virou para falar com alguns dos NPCs de sua aldeia. Eles rapidamente pegaram os carrinhos de mineração, colocaram-nos sobre os trilhos e dispararam pelos túneis. Assim que desapareceram, mais pessoas pegaram carrinhos e os seguiram — trinta batedores procurando em Minecraft pela salvação de todos.

— Agora me diga o que está acontecendo — pediu o velho artífice.

Gameknight explicou tudo, mas não tentou confortar o NPC envelhecido nem tranquilizar seus medos... não havia tempo. Enquanto falava, o artífice olhava sem parar para as letras que flutuavam acima da cabeça de Gameknight, notando a ausência do fio de servidor.

Gameknight interrompeu a fala por um momento, virou-se e olhou para Escavador.

— Fique de olho em monstros nos arredores e calmamente traga todos os aldeões para cá — pediu. — Traga quem você precisar para nos ajudar, mas seja discreto. Pode haver olhos à espreita na floresta ou ainda mais perto.

— Entendi — respondeu o NPC grandalhão, que logo saiu correndo com outros quatro no encalço.

— Espere! — chamou o velho artífice, apontando para alguns moradores. — Corredor, Plantador e Ferreiro, sigam ele para ajudar.

Os NPCs subiram as escadas em disparada e se dirigiram aos túneis que levavam à superfície.

— Está bem, continue — pediu o artífice.

— Você já sabe de praticamente tudo — disse Gameknight.

Buscando em seu inventário, pegou o ovo rosa e o segurou entre as mãos.

— A Oráculo me disse que isso poderia ser usado para derrotar Herobrine — explicou. — Ela também disse: "Olhe para a mais insignificante e humilde das criaturas, pois é lá que estará a sua salvação." Ainda não sei o que isso significa, mas estamos abordando um problema de cada vez. Precisamos encontrar o Monumento Oceânico antes de Herobrine chegar ou morreremos todos.

— Você por perto é diversão garantida — disse Caçadora, aproximando-se por trás.

— Só estou dizendo como as coisas são — respondeu Gameknight.

— O que fazemos enquanto esperamos os NPCs voltarem de suas missões? — perguntou Monet113.

O velho artífice se virou para ver quem estava falando, e seus olhos verdes se arregalaram de espanto. Ele encarou as letras acima da cabeça de Monet e depois olhou para o alto, notando a falta de um fio de servidor.

— E-existem dois? — gaguejou.

— Sim — respondeu Caçadora. — Se você pensava que um poderia causar problemas, imagine do que dois são capazes.

Todos na câmara caíram na gargalhada enquanto Caçadora dava um tapinha nas costas de Gameknight. Assim que se acalmaram, ele falou:

— Devemos nos preparar enquanto esperamos. As armaduras precisam de reparos, as cordas dos arcos precisam ser reesticadas, as espadas, afiadas... vamos todos trabalhar. Não podemos perder tempo, pois tenho certeza de que Herobrine não está perdendo.

O nome do inimigo fez com que todos começassem a trabalhar. A câmara se tornou, de repente, ativa feito uma colmeia, com os NPCs da aldeia martelando armaduras e armas enquanto Artífice e seu povo preparavam suas próprias bancadas de trabalho. Enquanto isso, pessoas gradualmente começaram a descer até a câmara, vindos da aldeia. Alguns escavadores foram trabalhar em uma das paredes, lentamente expandindo a câmara para que houvesse espaço para todos.

— Todos, quietos! — gritou um NPC próximo dos trilhos. — Um dos carrinhos está voltando.

Toda a atividade parou enquanto eles esperavam o retorno do batedor. Quando o carrinho entrou na câmara dos artesãos, o NPC ficou chocado ao perceber todos o encaravam.

— Então? — perguntou alguém. — Você achou?

O batedor negou com a cabeça enquanto saía do carrinho. Um dos aldeões de Artífice pegou o carrinho e escolheu outro túnel. Colocando o veículo sobre os trilhos, disparou em frente, seguido por mais dois voluntários. A atividade na câmara foi logo retomada.

Mais três batedores voltaram com relatos desanimadores, fazendo alguns aldeões balançarem a cabeça: o medo começava a transparecer nos olhos deles. Todos sabiam que tudo dependia de encontrar o Monumento Oceânico, e cada busca infrutífera fazia com que eles e Minecraft estivem um passo mais próximo do abismo.

—Não desanimem! — gritou Gameknight, e sua voz ecoou pelas paredes da caverna, trazendo confiança e esperança. — O único fracasso é desistir, e isso não vai acontecer. Vamos continuar a procurar até vasculhar toda Minecraft. E depois de vasculhar tudo, vamos recomeçar e continuar tentando, até termos sucesso.

Suas palavras fizeram os NPCs desanimados endireitarem a postura e preencheu seus olhos de um novo brilho. Porém, bem quando Gameknight ia continuar a falar, ele ouviu um grito vindo de um dos túneis.

Os monstros estão chegando?, pensou.

Sacando sua espada, ele foi até o túnel para enfrentar a ameaça que se aproximava. Antes que pudesse chegar à entrada escura, porém, viu o corpo enorme de Talhador ali, com a picareta pronta para a ação.

—Arqueiros, posicionem-se em cima de alguns blocos! — gritou Caçadora, construindo um pequeno pilar onde pudesse subir.

—Espadachins, adiante! — orientou Artífice. — Crianças, para o fundo da caverna!

Gameknight se virou e viu os NPCs se prepararem para a ameaça desconhecida; ficou impressionado. Ninguém sabia o que estava por vir nem em que quantidade. Todo o exército de Herobrine poderia estar a caminho pelo túnel; talvez monstros de Nether... ou ambos. Isso não transparecia nos rostos dos NPCs, entretanto. Encarando a passagem escura, todos mantinham um aspecto determinado e sério, com um olhar que demonstrava que não desistiriam.

Os gritos ecoaram pelo túnel, mais altos.

Gameknight segurou a espada de diamante firmemente com a mão direita e sacou a de ferro com a esquerda. Muitos dos aldeões se sobressaltaram quando o viram empunhar duas espadas, mas o Usuário-que-não-é-um-usuário não se deu ao trabalho de virar e observar a reação. Estava pronto para a batalha, e tudo o que importava agora era manter aqueles ao redor em segurança.

O grito soou novamente, ainda mais alto. Vinha quase da entrada.

Gameknight ouviu cordas de arcos estalarem ao serem esticadas, flechas apontadas para o túnel escuro.

— Seja lá o que sair daquele túnel... não tenham medo! — gritou Gameknight. — Esta é a nossa terra, e todos à sua volta são sua família. Ninguém vai tirar isso de vocês... NÓS NÃO VAMOS NOS RENDER!

Gritos entusiasmados ecoaram pela câmara, mas foram interrompidos quando outro grito soou de um túnel diferente... e então outro e mais outro. Os gritos vinham de quatro túneis diferentes.

Estamos sendo invadidos?, pensou Gameknight.

Enquanto se posicionavam em volta dos outros túneis, um carrinho surgiu da escuridão, com um NPC dentro.

— U-hu... achei! — gritou o batedor.

— Por isso você estava gritando? — perguntou Caçadora com um olhar zangado.

O NPC assentiu, então olhou em volta e viu todas as flechas apontadas para ele. Engoliu em seco, nervoso.

— Desculpem — disse o batedor, abaixando a cabeça.

Antes que alguém pudesse responder, mais carrinhos saíram dos túneis, e mais gritos de alegria tomaram conta da câmara.

— Eu achei...! — disse um batedor.

— Encontrei a aldeia costeira! — gritou outro.

— A aldeia costeira... eu sei onde é! — anunciou o último.

Gameknight embainhou as espadas. Em seguida, levantou as mãos para que todos relaxassem e guardassem as armas.

— Vocês deviam ser mais cuidadosos ao gritar em um túnel escuro — repreendeu Caçadora. — Quase acabaram varados por flechas.

Mas os NPCs, animados demais para sentir vergonha, abriram caminho na multidão para chegar até o Usuário-que-não-é-um-usuário. À medida que se aproximavam, a caverna ficava cada vez mais calada, tomada de um silêncio nervoso. A sobrevivência deles dependia do que os batedores tinham a relatar, e todos ali sabiam daquilo.

— Está bem, o que vocês encontraram? — perguntou Gameknight a cada um.

— Encontrei um vilarejo bem na costa de um oceano enorme — comunicou o primeiro.

— Também encontrei — disse o segundo.

— Eu também.

— E eu.

— Ótimo — disse Caçadora, descendo do pilar de pedra. — Primeiro não conseguíamos achar uma aldeia costeira e agora temos várias.

— Caçadora... silêncio! — Costureira repreendeu a irmã, então se virou e encarou Gameknight999. — Continue.

— Algum deles sabe do Monumento Oceânico?

Todos negaram com a cabeça.

— Ninguém jamais tinha ouvido falar dele ou do Livro da Sabedoria — disse o primeiro batedor. — Disseram que só usam o oceano para a pesca.

— O artífice na aldeia que eu encontrei disse a mesma coisa — falou o segundo batedor.

— O meu também — completou o terceiro.

Mas o quarto permaneceu quieto, silenciosamente pensando na informação que tinha em sua cabeça quadrada.

— E você? — perguntou Gameknight ao quarto batedor.

— Bem, o artífice dessa aldeia também não sabia nada sobre o Monumento Oceânico — disse o batedor.

— Isso é ótimo! — zombou Caçadora, a voz pingando sarcasmo.

— Mas... — continuou o batedor.

— Mas o quê? — perguntou Artífice, aproximando-se do NPC robusto.

— Mas o artífice dessa aldeia disse que eles não pescam por causa das muitas bolsas de tinta — explicou o batedor.

— Bolsas de tinta? — questionou Artífice. — Como assim?

— O artífice me disse que eles não param de encontrar bolsas de tinta no fundo do oceano ou no litoral, para onde o mar as arrasta — disse o NPC. — Eles nunca entram no mar por causa disso. Na verdade, todos os NPCs têm medo do mar porque parece vazio e sem vida... parece não ter nada a não ser bolsas de tinta.

— Ótimo — disse Caçadora novamente. — Isso é realmente útil, mas precisamos...

— É isso! — exclamou Gameknight.

— Do que você está falando? — perguntou Artífice.

— As lulas... elas estão sendo atacadas pelos guardiões do Monumento Oceânico — explicou ele. — É essa a aldeia que estamos procurando.

— Mas como você pode ter certeza? — perguntou Caçadora. — Pode não ser nada. Pode ser que...

Gameknight a silenciou levantando a mão. Na verdade, chegou até a ficar surpreso pelo gesto ter funcionado.

— É para lá que nós vamos... agora! — disse Gameknight, então virou-se e olhou para os NPCs na câmara. — Todos vocês: peguem um carrinho de mineração. Vamos para essa aldeia. Batedor, mostre o caminho.

O NPC pegou um carrinho e disparou pelos trilhos, com Gameknight999 no encalço. E, pela primeira vez, sentiu empolgação em vez de medo. Em vez de fugir de Herobrine, eles iriam se preparar para enfrentá-lo. Gameknight podia sentir que todas as peças do quebra-cabeça estavam se juntando; sabia que aquela vila seria o local da Batalha Final por Minecraft.

Sentado no carrinho, uma das citações no mural do seu professor, Sr. Planck, apareceu em sua mente: *Os habilidosos na guerra trazem o inimigo para o campo de batalha e não são levados por ele.* Era uma citação de Sun Tzu, um general chinês que havia vivido em 500 a.C., provavelmente um dos maiores estrategistas militares da história.

— Está na hora de você dançar conforme a minha música, Herobrine — disse Gameknight na escuridão.

Fechando os olhos, imaginou o que iria conseguir naquela aldeia, e as peças do quebra-cabeça foram aparecendo em sua mente... defesas escondidas... armadilhas... surpresas para Herobrine e seus monstros. À medida que as imagens dos preparativos pipocavam em sua cabeça, a música de Minecraft aumentava de volume e preenchia o seu ser. Pela primeira vez em muito tempo, não havia na melodia um toque de desespero. Em vez disso, estava cheia de esperança.

CAPÍTULO 16
O FIM

Herobrine se materializou numa terra sem céu — havia apenas um toldo negro que se estendia em todas as direções. A paisagem carecia de qualquer vegetação — não havia grama, árvores, arbustos... nada. Era apenas um descampado formado por pálidos blocos amarelos, cada um seguindo o mesmo padrão, como paralelepípedos. Pilares altos de pedra vulcânica roxa contrastavam com os blocos amarelos que formavam o chão, mas que praticamente desapareciam ao penetrarem o céu sem estrelas. Teria sido difícil para Herobrine encontrar o topo dos monolitos de pedra vulcânica, não fosse pelos cristais que ardiam acima de cada um. Cristais roxos de ender flutuavam dentro de uma bola de fogo sobre cada pilar, e os cubos intricadamente construídos giravam e se moviam de um lado para o outro, demonstrando seu desdém pela gravidade.

Herobrine estava no Fim.

Ao seu redor, podia ver endermen reunidos em pequenos grupos, alguns deles teleportando-se pelo Fim, os corpos eternamente envolvidos pelas brilhantes partículas roxas de teleporte. Seus pequenos primos, os endermites, seguiam apressados perto dos grupos de endermen, os corpinhos emitindo sons parecidos com arranhões à medida que se movimentavam sobre a endstone amarela.

De repente, um rugido ensurdecedor ecoou pela paisagem pálida, chamando a atenção de todos os endermen. As criaturas sinistras pararam o que estavam fazendo e olharam para cima, para o céu sem estrelas.

E foi então que Herobrine o viu.

Dois olhos roxos brilhantes reluziam na escuridão acima deles. A princípio lembravam duas pequenas bolas de luz violeta se movendo pelo céu, mas então as asas robustas começaram a ficar visíveis à medida que a criatura se aproximava. O monstro bateu as asas uma vez, então desviou graciosamente do mais alto dos pilares de pedra vulcânica. Imediatamente, um clarão iridescente irradiou do topo do pilar e acertou o dragão, e o brilho curativo do cristal de ender reabasteceu o HP da criatura. Rugindo mais uma vez, o dragão bateu as asas, então virou a cabeça e olhou para Herobrine, com olhos brilhantes e furiosos.

O gigante voou imediatamente na direção dele, provavelmente vendo um lenhador NPC e pensando ter uma nova vítima. Com suas garras reluzentes prontas para atacar e as órbitas roxas brilhando, o dragão partiu para o ataque. Usando seus poderes de artífice, Herobrine fez seus olhos emitirem um brilho branco. Isso fez com que o demônio voador parasse subitamente no ar, primeiro apenas sobrevoando os arredores e em seguida pousando lentamente. O dragão, tendo reconhecido o Criador, baixou a cabeça, em reverência.

— Vocês, dragões, sempre souberam como demonstrar respeito — elogiou Herobrine, dando um tapinha entre os olhos da besta.

Virando-se, sinalizou para que um dos grupos de endermen se aproximasse. Seis das criaturas ossudas se teleportaram e reapareceram ao seu lado. Sacando a espada, ele rapidamente reduziu seus HP a quase zero, fazendo com que os monstros caíssem no chão, amontoados. Assim como fez com suas outras criações, moldou os corpos deles usando seus poderes, unindo-os e transformando-os em outra coisa, maior e mais forte do que foram antes. Seus olhos brilhavam, empolgados com aquelas intenções malignas, e o brilho atraiu os endermites para o seu lado.

Ele afastou as criaturinhas irritantes com um empurrão e continuou o trabalho: finalizou o corpo e as pernas, depois formou braços musculosos. Mas, antes de terminar, Herobrine abriu seu inventário e retirou um punhado de flores vermelhas e sacos de tinta. Lançando-os sobre sua criação, deixou as cores escorrerem pelo corpo da criatura, manchando-o de um vermelho escuro, semelhante a sangue coagulado.

— A cor certa infligirá medo no coração do meu inimigo — disse Herobrine em voz alta, para ninguém em particular.

Derramando seu ódio e sua maldade nesse novo monstro, Herobrine calmamente finalizou a criatura vermelho-escura. Adicionou, por fim, uma porção extra de ódio contra o Usuário-que-não-é-um-usuário, só para garantir.

E pronto.

Dando um passo para trás, deixou sua criatura se levantar devagar, com um HP ainda perigosamente baixo... baixo demais para que se teleportasse. Pegando de seu inventário alguns blocos de obsidiana, Herobrine rapidamente construiu um portal e o acendeu com aço e pedras. O corredor roxo ondulava e se contorcia, como se estivesse vivo. Partículas roxas de teleporte flutuavam para fora do campo brilhante e para longe da estrutura, mas eram puxados de volta até sua superfície lilás.

A criação de Herobrine sentiu a energia do portal e se aproximou dele, bebendo as partículas de teleporte como se fossem leite materno. Gradualmente, as partículas brilhantes se somaram ao HP da criatura, em um processo lento. Era assim que os endermen se alimentavam, teleportando-se e sorvendo as partículas que cercavam seus corpos escuros, embora isso só funcionasse no Fim.

Assim que o novo enderman reuniu HP suficiente, teleportou-se pela paisagem, pulando de um lugar a outro, sugando as partículas e ficando cada vez mais forte. Deu muitos saltos de teleporte e, quando finalmente seu HP estava cheio, retornou para o lado do seu Criador.

—Bem-vindo, rei dos edermen! — gritou Herobrine, para que todas as criaturas do Fim pudessem ouvi-lo.

O monstro sombrio percorreu os olhos pelo Fim como se o visse pela primeira vez e enfim fixou os olhos em Herobrine.

—Mestre, quais são suas ordens?

Herobrine sorriu.

— Espere aqui um instante — respondeu o artífice de sombras, desaparecendo por um momento e reaparecendo em seguida, trazendo consigo um cavalo.

Libertando o animal, Herobrine sinalizou para que dois endermen fossem até ele. As criaturas sombrias imediatamente apareceram. Sacando sua espada mais uma vez, ele golpeou os dois endermen e o cavalo, até que seus HP estivessem quase vazios, e então uniu--os, criando um novo tipo de montaria nunca antes vista em Minecraft. Quando estava pronto, o cavalo ficou de pé, a sela negra em seu torso, os olhos brilhando com uma luz roxa maligna, e minúsculas partículas de teleporte flutuando ao seu redor.

O cavalo-ender se aproximou do portal e bebeu todas as partículas de teleporte que vazavam do reluzente campo lilás. Enquanto seu HP aumentava, seus olhos se tornavam cada vez mais brilhantes, até ficarem como os do Dragão Ender. O cavalo ofegou e Herobrine viu partículas de teleporte saindo das narinas da criatura como se fossem labaredas roxas. Essa criatura tinha tanto ódio dos NPCs do Mundo da Superfície que sua mente se afogava em uma necessidade de destruição.

Perfeito, pensou o Criador, sorrindo de forma tão assustadora que os endermen deram um passo para trás, temerosos.

— Você é meu quarto cavaleiro e esta é a sua montaria — disse Herobrine. — Venha, suba em seu cavalo.

O rei dos endermen se aproximou do cavalo gigantesco e então montou em seu lombo.

— Eu o nomeio Feyd, rei dos endermen.

Feyd assentiu.

— Quais são suas ordens?

— Você deve reunir todos os endermen que puder encontrar e trazê-los até aqui. Mande alguns deles para assustarem os NPCs, mas não lutem. Seu objetivo é trazer todos os seus irmãos para cá, e então venham até mim quando eu der o sinal.

— Como irei reconhecer seu sinal? — perguntou Feyd.

— Isso não será problema... você o reconhecerá no momento certo.

— E depois?

— Finalmente teremos a Batalha Final e, diferentemente do seu antecessor, Érebo, você não será vítima da ganância ou do ego. Eu o criei apenas para odiar e destruir meus oponentes. Quando for o momento certo, você trará seu exército de endermen e se juntará a Caríbdis, o rei dos blazes, Ceifador, o rei dos esqueletos e Xa-Tul, o rei dos zumbis, em uma batalha. Não podemos subestimar nosso inimigo, Gameknight999, novamente!

Ao ouvir o nome de Gameknight999, os olhos de Feyd brilharam em tom vermelho-vivo, e um sorriso maligno estampou seu rosto sombrio cor de sangue.

— Sim, meu filho — disse Herobrine. — Você terá a chance de se vingar do Usuário-que-não-é-um-usuário. Gameknight999 e seus amigos NPCs infectaram Minecraft por tempo demais. É chegada a hora de curarmos essas terras dessa terrível praga, de uma vez por todas.

Um sorriso malicioso se espalhou pelo rosto sombrio de Feyd.

— Agora vá. Envie seu exército e traga aqui todos os seus irmãos.

Feyd olhou para Herobrine do alto de seu cavalo e assentiu, desaparecendo e depois materializando-se através do Fim entre um grande grupo de endermen. Depois de conversarem por alguns instantes, todos desapareceram, deixando para trás uma nuvem brilhante de partículas roxas.

Sorrindo, Herobrine se virou e encarou o dragão, ainda sentado por perto.

— Dessa vez meus planos vão dar certo. Quando meus quatro cavaleiros chegarem com seus exércitos, vamos amedrontar os NPCs. E assim que eles virem a surpresinha que tenho para o Usuário-que--não-é-um-usuário, todas as suas esperanças desaparecerão, e os NPCs saberão que seu fim realmente chegou. — Ele acariciou o focinho gigantesco do dragão. — Depois que eu tiver destruído todos os amigos do Usuário-que-não-é-um-usuário, concentrarei minha fúria nele. Mas dessa vez, se ele recusar meu pedido, eu o destruirei e usarei a menininha em seu lugar. Não tenho a menor dúvida de que ela se curvará aos meus comandos, mas seria mais prazeroso ver o Usuário-que-não-é-um-usuário se render e me retirar desta prisão. — Herobrine gargalhou. — Agora vá, meu dragão. Voe e proteja o seu domínio.

O dragão assentiu com sua enorme cabeça e então voou pelos ares, abrindo as asas. Enquanto observava o animal deslizando pelo céu escuro, Herobrine reuniu seus poderes de artífice, seu corpo inteiro emitindo um brilho amarelo claro. Olhando para o chão, ele pôde ver que o brilho doentio vazava pelos blocos a seus pés. Isso fez com que risse tão maliciosamente que o som percorreu seu corpo e atravessou o tecido de Minecraft, fazendo o mundo ao seu redor se encolher.

— Seu tempo está quase esgotado, Gameknight999! — disse ele para ninguém em especial... e para todos. — Quando eu descobrir onde você está escondido, vou esmagar você e os seus amigos! E, dessa vez, você não tem a velha nem seus cães para protegê-lo. Minha surpresinha vai cuidar de qualquer coisa que você possa ter à minha espera! — Ele parou, escutando suas palavras ecoando pelo Fim. — A BATALHA FINAL IRÁ ACONTECER EM MINECRAFT — gritou Herobrine — E O SEU FIM ESTÁ PRÓXIMO!

CAPÍTULO 17
A VILA COSTEIRA

O carrinho de mineração de Gameknight saiu do túnel e adentrou a nova câmara de criação. O garoto pulou para deixar o veículo, puxou-o para fora dos trilhos e o colocou no chão, dando espaço para a chegada do próximo. Olhando ao redor, notou que aquela câmara era como qualquer outra em Minecraft, com cerca de uma dúzia de bancadas de trabalho espalhadas pelo chão da caverna e um trabalhador em cada uma delas, construindo o que fosse necessário. Serpenteando por entre as bancadas, havia uma série intrincada de trilhos de Minecraft, que transportava os materiais manufaturados através de um dos muitos túneis que saíam pelos lados da caverna. Em uma parede havia um lance de escadas que subia até duas portas de ferro. Gameknight sabia que essas portas se abriam para túneis que levavam até a superfície, para a passagem secreta emergia do interior da torre de observação que ficava firmada na superfície.

Ele esperava escutar o bate-bate das ferramentas, mas, em vez disso, reparou que só havia silêncio. Fitando os rostos surpresos, Gameknight viu os NPCs e o artífice da vila encarando as letras sobre sua cabeça e então olhando para cima, procurando pelo filamento de servidor que não existia. Pela surpresa estampada naqueles rostos, Gameknight sabia que o haviam reconhecido como o Usuário-que-não-é-um-usuário.

De repente, Artífice saltou para fora do túnel, seguido por Escavador e Caçadora, Monet e a Costureira vindo logo atrás.

Antes que Gameknight pudesse dizer qualquer coisa, Artífice correu até o artífice da vila e começou a explicar a situação. Durante a conversa, Gameknight percebeu que o artífice da vila o encarava constantemente, observando as letras que flutuavam sobre sua cabeça.

Escavador reuniu um grupo de trabalhadores nesse meio-tempo e começou a expandir a câmara de criação. Se aquele lugar fosse de fato o local da Batalha Final, muitas pessoas viriam até ali, e a câmara teria que ser muito, muito maior.

Enquanto Gameknight permanecia de pé, mais carrinhos de mina saíram dos túneis. Como uma máquina bem-calibrada, os aldeões pulavam para fora dos trilhos assim que seus carros paravam, colocando-os depois em seu inventário e criando espaço para o próximo carrinho. Sem precisar de ordens, os NPCs sacaram suas picaretas e pás e foram trabalhar na câmara de criação. Mas, quando Ferreiro chegou, Gameknight999 chamou-o de lado.

— Ferreiro, precisamos de mais NPCs para a Batalha Final — disse Gameknight, calmamente.

Ferreiro olhou para o Usuário-que-não-é-um-usuário e assentiu.

— Não podemos fazer o mesmo que da última vez e deixar que Artífice use seus poderes para chamar todos os NPCs para esta vila — explicou Gameknight. — Isso entregaria nossa localização para Herobrine. Em vez disso, precisamos enviar cavaleiros para todas as vilas e trazê-los para cá, de forma rápida e discreta.

Ferreiro sorriu e bateu as mãos de leve em seu avental escuro, fazendo com que uma poeira cinzenta caísse no chão.

— Ferreiro sabe o que fazer — garantiu o NPC.

Ele reuniu alguns aldeões que estavam chegando e os reuniu em um canto. Enquanto explicava o que seria necessário, os NPCs olharam para Gameknight e assentiram com suas cabeças quadradas, desaparecendo dentro de túneis diferentes, carrinhos de mineração batendo contra os trilhos em alta velocidade. Virando-se para sorrir para o Usuário-que-não-é-um-usuário, Ferreiro também desapareceu dentro de um dos túneis.

— Ótimo... começou o chamado para a Batalha Final — disse Gameknight consigo mesmo.

Acompanhou o progresso que acontecia na câmara de criação. A parede fora movida dez blocos para trás, e o trabalho estava progredindo rapidamente. Um grupo de escavadores começava a talhar túneis sobre o nível dos carrinhos de mina, diretamente na rocha. Gameknight sabia que esses túneis serviriam de casa para as muitas famílias que, ele esperava, estavam prestes a chegar.

Se Ferreiro falhar e ninguém vier nos ajudar, estamos perdidos, pensou Gameknight. *Ele precisa conseguir!*

Imagens da Batalha Final com apenas alguns poucos NPCs a seu lado começaram a brotar na cabeça de Gameknight... as imagens do que *poderia vir* a acontecer encheram-no de medo.

NÃO! Não vou me concentrar no que pode acontecer. Vou me concentrar apenas no AGORA!

Afastando aqueles pensamentos, Gameknight foi para o lado de Escavador e pousou a mão em seu ombro com cautela, tendo o cuidado de ficar bem longe da enorme picareta que rasgava a pedra como se fosse areia.

— Escavador, vamos lá em cima dar uma olhada — disse Gameknight.

Escavador assentiu, pousando a picareta. Deu instruções aos demais trabalhadores e seguiu Gameknight pelas escadas que levavam até os túneis e à superfície.

— Caçadora, Costureira, Monet... sigam-nos — orientou Gameknight acima do barulho das picaretas rasgando pedras.

Sem olhar para conferir se estava sendo seguido, Gameknight subiu pelas escadas, chegando ao túnel que levava à superfície. Enquanto esperava pelos amigos na torre de observação, olhou pelas janelas do prédio. Ele podia ver a face brilhante e amarela do sol começando a nascer ao leste, os raios cálidos refletindo sobre a terra, fazendo com que adquirisse uma cor dourada. Ver o sol o fez relaxar um pouquinho.

Ele se virou para Escavador, que havia acabado de emergir do túnel secreto, e sorriu.

—Amo ver o nascer do sol em Minecraft — disse Gameknight. — Parece muito mais espetacular visto de dentro do jogo do que num monitor de computador.

—Posso garantir que os NPCs também amam — respondeu Escavador. — A noite pode até ser a hora dos monstros, mas o dia é nosso, e planejamos manter as coisas assim. — Ele se aproximou da janela e observou a face radiante e quadrada do sol. — Se as criaturas de Herobrine querem briga, elas que venham nos pegar em plena luz do dia, para que o sol as queime. Mas, infelizmente, não acredito que teremos essa sorte.

—Você está certo, Escavador — concordou Gameknight. — Você está certo.

Quando seus amigos emergiram de dentro do túnel secreto, Gameknight saiu do edifício de pedra e adentrou a vila. Sentiu o cheiro de sal no ar imediatamente; a brisa do mar fazia tudo parecer fresco e limpo.

Sentindo a luz do sol sobre sua pele, viu o mar azul brilhante. Do outro lado da vila, uma floresta de bétulas preenchia a paisagem, o branco do tronco das árvores contrastando com a folhagem escura. A vila estava situada em um trecho estreito de pradaria, de um lado cercada pelo mar, do outro pela floresta.

Grandes campos de cultivo se situavam próximos ao centro da vila, alguns cheios de trigo, outros com melões, enquanto outros ainda mostravam as pontas verdes das folhas de cenoura brotando do chão. Era possível ver todos os tons de verde nos campos, com o colorido dos belos melões quadrados se misturando ao verde do trigo, criando uma festa e tanto diante dos olhos. Olhando aquilo, Gameknight percebeu que a maior parte dos produtos parecia pronta para a colheita. Ótimo. Eles precisariam de comida quando mais NPCs começassem a chegar... *se* eles viessem.

Além dos campos, Gameknight avistou um grande curral cheio de vacas e outro com porcos, muitos porcos... os prováveis consumidores das cenouras. Os animais rosados chafurdavam no curral, enchendo o ar com seus grunhidos, que se somavam ao mugido de seus vizinhos. Era uma cena linda de se ver, mas Gameknight se sentiu triste, sabendo o que aconteceria ali em breve.

E então os porcos fizeram com que o Usuário-que--não-é-um-usuário se lembrasse de uma coisa.

— Monet, chame Pastor — disse Gameknight por sobre o ombro.

Ele ouviu os passos da irmã voltando em direção ao túnel e então a voz dela ecoando pelas passagens subterrâneas. Em um minuto, Pastor estava de pé ao lado de Gameknight, que apontou para a floresta.

— Pastor... vamos precisar de lobos. Muitos deles — disse o Usuário-que-não-é-um-usuário. — Você sabe o porquê, certo?

Pastor confirmou.

— Conto com você para que eles estejam prontos quando eu precisar — explicou Gameknight. — Você entendeu?

— Estarão prontos — respondeu Pastor, confiante.

— Ótimo — disse o Usuário-que-não-é-um-usuário. — Monet, ajude-o a trazer os lobos.

— Eu faço isso melhor sozinho — garantiu o jovem magro, virando-se e correndo em direção à floresta logo em seguida, os cabelos negros saltando para cima e para baixo enquanto ele corria.

Sacando um osso de seu inventário, Pastor adentrou a floresta e desapareceu por entre as bétulas, à procura de seus amigos.

— Vou trabalhar na defesa — informou Escavador, virando-se para começar a mapear onde construiria os muros e as torres de observação.

— Não. É isso que Herobrine está esperando — disse Gameknight.

Isso fez com que Escavador parasse.

— E você pensa que não ter defesa nenhuma irá deixá-lo confuso? — perguntou Caçadora. — Não tenho muita certeza se é um bom plano.

— Teremos defesas — respondeu Gameknight. — Só que não serão aquelas que Herobrine está esperando.

Fechando os olhos, ele imaginou que estava ao seu teclado, digitando no chat.

Shawny, você está aí?

Sim.

Ótimo, disse Gameknight. *Precisamos de defesas que surpreendam Herobrine, algo que ele não estará esperando e que não poderá ver, pelo menos não logo de cara. Você tem alguma ideia?*

Tenho algumas, respondeu Shawny. *Mas como posso construí-las? Isso vai fazer com que todos os NPCs parem e interrompam o que estão fazendo.*

Quero que você desenhe os planos no chão, para que Escavador possa vê-los. Explique os planos e de-

pois vá embora para que ele possa construí-los, explicou Gameknight. *Entendeu?*

Entendi, respondeu Shawny. *Diga a ele para me encontrar na entrada da floresta.*

E então a voz de seu amigo desapareceu de sua mente.

— Escavador, você e Monet devem ir para a entrada da floresta — explicou Gameknight. — Meu amigo Shawny vai dizer o que vocês precisam fazer. Sigam o que ele disser... ele é especialista em estratégia. Pode nos ajudar. Monet, preciso que você ajude Escavador. Pode fazer perguntas se achar que algo não está muito claro... ele não poderá fazê-lo. Isso é importante; estou contando com você... acha que consegue?

— Pode deixar comigo — disse Monet113 com um sorriso.

Ela seguiu Escavador, que já estava se dirigindo para a floresta. Quando chegaram às árvores, Gameknight viu Shawny aparecer de repente. Escavador congelou imediatamente, cruzando os braços sobre o peito, mas sua cabeça acompanhava Shawny enquanto ele falava. Sacando sua própria espada diamante, Shawny começou a esboçar algo no chão; Escavador olhou imediatamente para o desenho. Enquanto Shawny explicava, Gameknight viu Monet interrompendo para fazer perguntas, balançar a cabeça e permitir que Shawny terminasse.

— E quanto a nós? — perguntou Caçadora, com Costureira de pé ao seu lado, impaciente.

— Vamos para o mar — disse Gameknight. — Quero dar uma olhada naquele Monumento Oceânico.

O trio correu para a praia, colocaram barcos na água e entraram.

— Para que direção? — perguntou Costureira.

— Talvez fosse melhor nos separarmos — sugeriu Caçadora.

— Não. Precisamos ficar juntos — disse Gameknight. — Sigam-me.

Movendo seu barco para a esquerda, o Usuário-que-não-é-um-usuário olhou para a água azul e gelada. Enquanto seu barco deslizava pela superfície, Gameknight podia ouvir a música de Minecraft tocando em sua mente, mas cada vez mais fraca. Virando o barco para a direita, percebeu que o volume da música aumentava, enchendo sua mente com a melodia. Quanto mais eles viravam para a direita, mais alta ficava a música.

Você está nos ajudando, não está, Oráculo?, pensou, mas não recebeu qualquer resposta.

— Ali... vê aquilo? — gritou Costureira.

— O que? — perguntou Gameknight.

— Vi uma lula piscar uma luz vermelha, de repente, como se estivesse sendo atacada — explicou Costureira. — Piscou uma, duas vezes e depois desapareceu. Ali. Vejam. Posso ver o saco de tinta.

Gameknight virou seu barco na direção para que Costureira estava apontando. Olhando para a água escura, avistou um saco de tinta preta afundando lentamente. O oceano era profundo naquela área, e mergulhar ali e depois voltar à superfície para respirar seria difícil.

E foi então que uma das peças do quebra-cabeça se encaixou em sua mente... *sim, é claro.*

De repente, ele sentiu uma dor explodindo em seu corpo e um estranho zumbido em seus ouvidos.

— Cuidado! — alertou Caçadora, enquanto se levantava em seu barco e atirava flechas no mar.

A dor foi sumindo aos poucos.

— O que foi isso? — perguntou Gameknight.

— Não sei — respondeu Caçadora. — Tudo o que vi foi um olho gigante olhando para você. Parecia atirar algo na sua direção, e do meio do olho saíam uns raios de luz.

— Deve ter sido um dos Guardiões — disse Gameknight. — Acho que teremos que...

De repente, Costureira gritou de dor.

Virando-se, Gameknight viu um raio de luz dourada sair do mar e atingir Costureira no ombro. Ele virou seu barco na direção dela para poder bloquear o raio com seu corpo. Imediatamente Gameknight foi tomado por uma dor agonizante no momento em que o raio de luz o atingiu no peito. Ele quase caiu de dor, mas conseguiu virar o barco para longe do monstro e voltar para a vila. Enquanto navegava pelas águas calmas, olhou para trás e viu uma estrutura azul cristalina nas profundezas do mar, os pilares altos e arcos graciosos iluminados por estranhos cubos de luz.

— Obrigada — disse Costureira.

Gameknight sorriu.

— Eu vi a coisa — continuou ela. — Tinha apenas um olho gigantesco e espinhos alaranjados por todo o corpo... espinhos enormes, do tipo que pode atravessar armaduras. Foi terrível.

— Bem, a gente sabia que não ia encontrar ursinhos de pelúcia — disse Gameknight.

— O quê? — perguntou Costureira. — Ursinhos de pelúcia? O que são ursinhos de pelúcia?

— Deixa pra lá — respondeu Gameknight. — Pelo menos agora sabemos para onde temos que ir. Aquela construção era o Monumento Oceânico, e é esse o nosso próximo objetivo.

— Isso parece uma ótima ideia — respondeu Caçadora ironicamente, com um sorriso nervoso. — Um peixe maluco de um olho só com raios mortais e cheio de espinhos afiados guardando um prédio antigo no fundo do mar... essa deve ser a sua melhor ideia até agora!

— Eu sei... também estou com medo — admitiu Gameknight, olhando novamente para a construção debaixo d'água.

Eu sei o que está me esperando dentro do Monumento... outro monstro. Não sei como vou conseguir fazer isso sem destruir todos os meus amigos.

Enquanto Gameknight atracava seu barco no litoral, tentou se imaginar destruindo a criatura que o aguardava naquele templo submerso. Mas tudo o que ele conseguiu ver em sua mente foi o monstro que o aguardava nas profundezas — um monstro gigantesco com espinhos roxos e um único olho raivoso. Em vez de visualizar a destruição do monstro, ele via apenas um brilho intenso vindo daquele olho e atingindo-o, inundando seu corpo de dor... e medo.

CAPÍTULO 18
PORTAS

orrendo de volta à vila, Gameknight sabia do que precisava para retornar ao Monumento Oceânico: portas... seria preciso muitas portas. Mas primeiro eles precisavam de mais portas na vila, pois uma das peças do quebra-cabeça ainda estava faltando. Seguindo uma trilha ao redor dos prédios, Gameknight contou as portas: dezesseis. Não era o suficiente.

— Costureira, desça e diga aos artífices que eu preciso de portas, muitas portas — disse Gameknight. — Precisamos de todas as que eles puderem fazer.

— Portas... por quê?

— Não temos tempo para explicações — respondeu Gameknight. — Confie em mim.

Balançando a cabeça, a jovem se virou e correu de volta à câmara de trabalho.

— Caçadora, venha comigo.

Sem esperar resposta, Gameknight seguiu em direção à floresta. Ele ainda podia ver Shawny conversando com o Escavador no extremo da vila, então seguiu na direção oposta, para que Caçadora não se distraísse e parasse de ajudar. Quando chegou à floresta, o Usuário-que-não-é-um-usuário sacou seu machado e começou a cortar as árvores.

— Colete madeira, o máximo que puder — orientou Gameknight, enquanto golpeava uma bétula enorme.

A dupla cortou uma árvore atrás da outra, colocando as toras de madeira em seu inventário até que cada um tivesse vinte toras.

— Isso deve ser o suficiente — disse Gameknight. — Siga-me.

— Você vai me contar para que tudo isso? — perguntou Caçadora, parecendo frustrada.

— Não — respondeu Gameknight, sorrindo para a amiga.

Eles voltaram para a vila, rapidamente transformando as toras de madeira em placas.

— Faça uma bancada de trabalho, então comece a construir portas com as placas de madeira — instruiu Gameknight.

A distância, ele viu que Shawny havia ido embora e que Escavador tinha as mãos separadas novamente. Ele e Monet estudavam o diagrama que havia sido rabiscado no chão. Com cuidado, desembainharam suas próprias espadas e começaram a fazer seus próprios rabiscos ao redor da vila, marcando onde as engenhocas de Shawny seriam construídas.

Concentrando-se em sua própria tarefa, Gameknight construiu uma bancada de trabalho usando quatro placas de madeira e a pousou no chão. Então, usando mais madeira, começou a construir tantas portas quanto podia com as placas que ainda possuía em seu inventário. No total, ele conseguiu fazer 36 portas com seus vinte blocos de madeira.

— Por enquanto, isso é suficiente — disse Gameknight. — Vamos.

— Quando você quiser me explicar o que estamos fazendo, será ótimo — disse Caçadora.

— Ah, é mais divertido ver você confusa — rebateu Gameknight. — Mas estou tentando fazer com que um golem de ferro procrie aqui na vila.

— Podíamos simplesmente construir um — insistiu Caçadora.

— Acho que não é a mesma coisa — respondeu Gameknight. — Você já parou para pensar de onde os golens vêm quando aparecem numa vila?

— Claro que não. O que me importa de onde eles vêm?

— Bom, acho que dessa vez isso é importante. Vamos, comece a colocar suas portas no chão.

Posicionaram cerca de dez portas no solo; em seguida, todos se afastaram e ficaram esperando.

— Por que não está acontecendo nada? — perguntou Gameknight. — Você só precisa de 21 portas para um androide de ferro aparecer. Já era para ter surgido algum.

— Não, na verdade, não — contestou Caçadora, soltando um suspiro exasperado. — Usuários não sabem de nada!

— O que você quer dizer? — perguntou Gameknight.

Caçadora ignorou a pergunta e correu para o mirante, com Gameknight seguindo-a de perto.

— Você vai me dizer o que está fazendo? — insistiu o Usuário-que-não-é-um-usuário.

Ela parou e sorriu para ele.

— Não — respondeu Caçadora, continuando a caminhar em direção ao mirante.

Irrompeu pela porta e começou a descer um túnel secreto que ia até a câmara de criação, mas parou subitamente e olhou para Gameknight999 de uma escada oculta.

— Fique aqui — ordenou ela, séria.

— Por quê? O que você está fazendo?

— Você tem razão. Até que é engraçado te ver confuso.

Antes que Gameknight pudesse responder, Caçadora desapareceu escada abaixo. Passado um minuto, ela reapareceu, seguida de uma dúzia de aldeões. Os NPCs entraram na vila e se posicionaram ao lado do poço, no centro da cidade.

— Os golens não aparecem para proteger as casas — explicou Caçadora. — Eles aparecem para proteger os aldeões. Deve haver pelo menos dez NPCs na vila para que um golem de ferro apareça.

Um ronco baixinho, quase inaudível, começou a soar. Foi baixinho a princípio, como uma tempestade se formando no horizonte, mas então ficou mais alto até que o solo começou a tremer. Saindo do mirante, Gameknight viu um golem de ferro enorme se aproximando dos aldeões, os pés gigantescos esmagando o chão a cada passo.

O gigante de ferro se parecia com todos os golens que ele já tinha visto, exceto um... o rei dos golens. Esse à sua frente tinha uma pele prateada brilhante, com cipós verdes pendendo do lado direito do corpo assim como no braço esquerdo, com flores amarelas pequeninas entremeadas nas folhas. Seus braços eram longos e fortes, grossos demais e quase chegando ao chão. Um nariz grande e redondo cobria metade do rosto, logo abaixo de olhinhos tristes e escuros, enquanto uma monocelha se espalhava pela testa.

A criatura perambulou pela vila procurando ameaças, e, quando viu Gameknight999, o golem caminhou diretamente até ele.

Tomando o cuidado de se livrar de todas as suas armas, Gameknight se abaixou e pegou um punhado de flores, estendendo-as na frente do corpo. Ele não tinha certeza se o gigante iria atacá-lo ou apenas passar por ele, mas precisava se manter firme... aquela criatura seria necessária. À medida que o golem se aproximava, Gameknight percebeu os olhos dele observando tudo, primeiro olhando para o Usuário-que--não-é-um-usuário, depois para Caçadora, e então para os outros aldeões. Aparentemente se convenceu de que não havia qualquer ameaça, pois parou imediatamente em frente a Gameknight999 e estendeu a mão enorme. Esticando o braço, Gameknight entregou as flores para a criatura e então se aproximou para falar com ela.

— Golem, precisamos de sua ajuda — disse Gameknight, mantendo a voz baixa para que ninguém mais pudesse escutar. — Herobrine está trazendo seu exército para esta vila e haverá uma grande batalha. — Ele viu os olhos do gigante de metal se moverem em busca de monstros. — Eles não estão aqui agora, mas virão em breve, e não temos aldeões suficientes para derrotá-

-los. Herobrine quer destruir Minecraft e todos os NPCs de todas as vilas, mas não sei se podemos impedi-lo contando apenas com a ajuda das pessoas que estão aqui. Precisamos de sua ajuda. Vá e diga aos seus que precisamos da ajuda deles; que, sem ajuda, temo que não conseguiremos salvar Minecraft. Você entendeu?

O androide olhou para baixo, para Gameknight999. Ele pensou ter visto um aceno discreto de cabeça, mas não tinha certeza. A criatura olhou para o céu e fechou os olhos, seu corpo completamente imóvel. Depois de alguns instantes, abriu-os outra vez e começou a caminhar pela vila, ignorando completamente Gameknight999 e todos os aldeões.

— Mas que grande ajuda — falou a Caçadora, sarcasticamente.

Gameknight sorriu e deu de ombros.

— Bom, pelo menos tentamos — disse ele. — Vamos, temos que voltar para a câmara de criação. Ainda temos coisas a fazer.

Caçadora assentiu antes de se virar e retornar ao mirante, com Gameknight em seu encalço. Enquanto a NPC descia as escadas, o Usuário-que-não-é-um-usuário caminhou em direção à janela e ficou observando a vila silenciosa. Era uma cena idílica, o pequeno conjunto de construções aninhado na planície verde, uma linda floresta de bétulas em um lado e o grande oceano do outro. Olhando para o céu, viu as nuvens retangulares flutuando. Tudo aquilo era tão perfeito, e Gameknight999 estava prestes a trazer Herobrine e sua horda de monstros para aquele lugar. E para onde quer que Herobrine fosse, a morte e a destruição seguiam logo atrás.

Fechando os olhos, Gameknight tentou imaginar a si mesmo derrotando Herobrine, mas a imagem não se formava em sua mente. Usando toda a força para se concentrar, ele tentou obrigar a cena a se materializar, mas não conseguia.

—Bom, um problema de cada vez — disse a si mesmo. — Primeiro o Monumento Oceânico, depois Herobrine.

Tremendo, tentou afastar o medo que descia em calafrios por suas costas, mas fingir que o sentimento não estava ali não o deixou mais corajoso... ele apenas se sentiu ridículo.

—Você já terminou de falar com a parede? — perguntou uma voz às suas costas.

Virando-se, ele viu a cabeleira vermelha de Caçadora despontando do buraco no chão, com um sorriso irônico no rosto.

—Você disse que ainda havia coisas a fazer — relembrou ela. — O que acha de ir lá embaixo e dizer a todos o que falta ser feito? A não ser que você prefira ficar conversando com a parede mais um pouquinho.

Caçadora sorriu, então gargalhou enquanto descia as escadas. Caminhando para o buraco, Gameknight começou a descer os degraus, seguindo-a na escuridão, mas seus pensamentos ainda estavam em Herobrine e em como faria para derrotar o monstro. Enquanto descia, o Usuário-que-não-é-um-usuário desejou ouvir a música de Minecraft — ele bem que precisava de algo para encorajá-lo —, mas tudo o que escutou foi o silêncio e o som do próprio coração batendo no peito.

CAPÍTULO 19
ENCONTRO DE REIS

Herobrine se materializou no centro de uma grande caverna. A luz de seus olhos brilhantes iluminou o ambiente, criando sombras aterrorizantes nas paredes de pedra. Sua aparição inesperada assustou os habitantes do local, fazendo com que centenas de morcegos pendurados no teto e nas paredes da caverna voassem para todas as direções, esvoaçando as asas com nervosismo.

O maligno artífice de sombras estudou a câmara. Era uma toca de morcego como outra qualquer: uma caverna formada por cerca de cinquenta ou sessenta blocos de largura, com teto de apenas 12 blocos de altura. A amplitude do local fazia com que o teto de pedra parecesse mais baixo do que era de fato, quase obrigando Herobrine a se curvar, mas... ele jamais faria aquilo na presença de outra criatura. Curvar-se seria demonstrar fraqueza... e isso era algo que jamais faria.

Numa das extremidades da caverna viu uma fonte de água fresca caindo de um buraco no teto, enchendo um grande lago com apenas alguns blocos de profundidade. Assim como todas as tocas de morcego, o lago estava cheio de centenas de ovos... talvez milhares.

Herobrine caminhou em direção às águas com um sorriso e os olhos brilhando. Olhando para o lago de maneira que seus olhos iluminassem o fundo, Herobrine viu centenas de ovos marrons de morcego, as superfícies salpicadas de pontinhos pretos.

Justamente o motivo de sua visita.

Desviando a vista do lago, ele vasculhou a câmara com os olhos, o brilho tingindo as paredes com uma luz pálida. A luz perturbou os morcegos, fazendo com que voassem, baratinados, tentando evitar a luz. Mas não havia para onde voar além de para fora da caverna... e os morcegos não iriam abandonar seus filhotes com aquele estranho.

— Preciso de seus filhos e filhas — disse Herobrine aos morcegos, que estavam voltando à calma. — Mas primeiro preciso trazer mais alguns estranhos para seu seio.

Desaparecendo por apenas um instante, Herobrine retornou com Xa-Tul.

— Fique aqui e não faça nada — comandou o Criador.

Teleportando-se de novo, voltou com o rei dos esqueletos, então saiu e voltou com o rei dos blazes, trazendo por último o rei dos endermen. As chamas de Caríbdis iluminaram a caverna com um brilho quente e alaranjado, permitindo que os quatro reis enxergassem perfeitamente uns aos outros. Imediatamente, todos assumiram posturas defensivas enquanto se fitavam, sem saber se eram amigos ou inimigos.

— Fiquem calmos — disse Herobrine, em um tom de voz apaziguador.

Xa-Tul sacou sua enorme espada dourada, fazendo com que Ceifador sacasse um arco feito de ossos. Caríbdis, sem ter certeza do que estava acontecendo, formou uma bola de fogo e deixou que ela flutuasse diante de seu corpo flamejante, pronto para arremessá-la no primeiro que atacasse. Feyd se manteve imóvel... os olhos brilhando em vermelho, o corpo cercado por partículas de teleporte.

— EU DISSE PARA FICAREM CALMOS! — gritou Herobrine.

Quando a voz dele ecoou pelas paredes, os morcegos voaram outra vez, soltando gritinhos como os de um exército de ratinhos nervosos. Enquanto as pequenas criaturas percorriam a caverna, Xa-Tul lentamente embainhou a espada, mas manteve os olhos atentos nos outros monstros. Ceifador fez o mesmo, guardando o arco, enquanto Caríbdis apagava a bola de fogo.

— Ótimo — disse Herobrine, seus olhos brilhando com intensidade. — Eu os reuni aqui, meus generais, meus reis, para que pudessem se conhecer antes da Batalha Final. Os eventos estão se desenrolando depressa e precisamos estar prontos. — Enquanto o dizia, Herobrine se virou para encarar o rei dos zumbis, seus olhos brilhantes iluminando o monstro verde. — Xa-Tul, você tem algo a reportar?

— O Usuário-que-não-é-um-usuário foi avistado — disse o zumbi com voz animalesca. — O exército de zumbis de Xa-Tul encontrou o NPC numa vila deserta e atacou.

— Você fez o quê? — exclamou Herobrine.

— O exército zumbi atacou antes que Xa-Tul chegasse ao local — mentiu o rei dos zumbis, sabendo que a ira de Herobrine diante de uma falha seria severa. — Os generais zumbis acharam que deixariam o Criador satisfeito se conseguissem capturar o Usuário-que-não-é-um-usuário. Em vez disso, Gameknight999 e os NPCs escaparam pelos túneis de Minecraft.

— Idiotas! — cuspiu Herobrine. — Eu disse para manter os olhos neles, não para atacá-los! Esses generais... quero que sejam trazidos até mim.

— Isso não será possível — respondeu Xa-Tul.

— E por que não? — quis saber Herobrine, os olhos brilhando ainda mais pela raiva.

— Eles já foram destruídos por sua derrota — mentiu novamente o rei dos zumbis.

Os olhos de Herobrine perderam um pouco do brilho enquanto ele analisava o que havia escutado.

— Espero que tenham sofrido — disse o artífice de sombras.

Xa-Tul assentiu com sua cabeçorra.

— Terrivelmente — mentiu ele.

— Algum de seus generais teve a ideia de seguir os NPCs pelos túneis de Minecraft? — perguntou Herobrine.

Xa-Tul negou com a cabeça.

— O Usuário-que-não-é-um-usuário destruiu os túneis durante a fuga — respondeu Xa-Tul. — Foi impossível segui-lo.

— Então você não faz ideia de onde eles estão? — perguntou Herobrine.

O rei dos zumbis novamente negou com a cabeça.

— Mas sua posição deve ser próxima à vila deserta — sugeriu Ceifador, a voz fraca e rascante como um chacoalhar de ossos. — Pelo menos temos uma ideia de onde eles estão.

— Isso é verdade — concordou Herobrine, enquanto andava de um lado para o outro, considerando as notícias. — Talvez os zumbis não tenham falhado completamente... mais uma vez.

Caminhando até a margem do lago, ele mergulhou as mãos brilhantes dentro da água. Com os olhos brilhando como dois sóis intensos, aplicou seus poderes de artífice dentro da água, acelerando o processo de choca dos ovos. Assim como da outra vez, muitos dos ovos maiores produziram criaturas saudáveis, mas os menores não tiveram a mínima chance. As minúsculas criaturas que saíram destes nem conseguiram chegar à superfície, e os pequenos corpos desapareciam conforme seus já pequenos HPs caíam para zero.

Os morcegos saíram do teto e das paredes da caverna, voando pela câmara, e seu esvoaçar denotava sofrimento e agitação... mas Herobrine não se importou. Tudo o que ele queria era escapar daquela prisão para poder se vingar dos usuários do mundo físico. As vidas de alguns morcegos eram insignificantes.

Os recém-nascidos sobreviventes se esforçaram para alçar voo e entraram no turbilhão de olhos escuros e asas aveludadas, aquele esvoaçar doloroso juntando-se à cacofonia que ecoava das paredes da câmara. Enquanto sobrevoavam Herobrine, ele estendeu os braços, permitindo que o pálido brilho amarelo que ainda envolvia seus dedos expandisse e adentrasse a tempestade de criaturas aladas.

—Este foi o último local onde meu inimigo foi avistado — gritou Herobrine, enquanto projetava a imagem da vila deserta nos pequenos cérebros dos morcegos. — Encontrem-no e seus amigos e voltem para me dar notícias. Qualquer falha terá a mais severa das retribuições. *AGORA VÃO!*

Com isso, os morcegos partiram em direção ao túnel escuro que se conectava à câmara e levava à superfície. Enquanto eles voavam pela escuridão, Herobrine gargalhou com malícia, cheio de ódio pelo seu inimigo. Com os olhos flamejantes, ele se virou para encarar os quatro cavaleiros. Eles trariam o apocalipse para Minecraft, e todos, NPCs e usuários, se arrependeriam do dia em que pensaram agir contra Herobrine.

—Preparem suas tropas, pois o momento da Batalha Final se aproxima — disse o Criador para as criaturas. — Em breve, o Usuário-que-não-é-um-usuário irá entrar no Portal de Luz e me livrar dessa prisão.

—Mas e se ele não entrar? — perguntou o rei dos endermen.

—O quê? — rebateu Herobrine, virando-se para encarar o monstro vermelho escuro.

—O que acontecerá se o seu inimigo se recusar a seguir as suas ordens — prosseguiu Feyd — e escolher a morte em vez de ajudá-lo?

—Então eu vou destruí-lo! — disse Herobrine. — Pois ainda há outra chance... a menininha. Tenho certeza de que ela não pode ser tão teimosa quanto Gameknight999. Se ele se negar a obedecer minhas ordens, será eliminado, e a criança se tornará minha escrava. Gameknight999 pode ser obstinado demais para me obedecer, mas tenho certeza de que a criança é mais maleável. Depois que o Usuário-que-não-é--um-usuário for destruído, e quando a garota estiver à beira da morte, tenho certeza de que tomará o Túnel de Luz para salvar a própria vida... e então poderei me vingar de TODOS! Ha, ha, ha!

Sua risada estrondosa ecoou nas paredes de pedra e assustou os quatro reis, que caíram de joelhos. Quando o barulho diminuiu, Herobrine usou seus poderes de teleporte e enviou cada general de volta à seu respectiva lar.

Sozinho na câmara, Herobrine sorriu.

— Tudo está se desenrolando conforme eu previ — murmurou para si mesmo. — Em breve, Gameknight999, vamos nos encontrar, e você verá a surpresa que tenho preparada para você. E, então, você será meu!

Juntando seus poderes de teleporte, Herobrine desapareceu, seus olhos brilhantes deixando para trás uma mancha iluminada que lentamente se dissolveu na escuridão.

CAPÍTULO 20

O MONUMENTO OCEÂNICO

A construção das defesas que Shawny havia projetado para a vila estava indo bem. Os trabalhadores cavavam buracos e trincheiras por todo canto, preenchendo o vazio com engenhocas de pedra vermelha que surpreenderiam Herobrine e sua horda. Gameknight podia ver que seu amigo estava confiando em muitos blocos equipados com pistões para arremessar as surpresas, mas a parte mais interessante do plano era a muralha ao redor da cidade. Ele mal podia esperar para ver a cara de Herobrine quando ordenasse o primeiro ataque.

Ao redor da vila, os arqueiros estavam posicionados sobre as árvores da floresta de bétulas, seus olhos atentos buscando possíveis perigos, especialmente morcegos. Caçadora suspeitava que o morcego que ela deixara escapar na vila deserta havia reportado a localização deles para Xa-Tul e jurava que isso não aconteceria de novo naquele local. Posicionando os arqueiros de maneira que todos tivessem campo livre para acertar os arremessos, observavam cuidadosamente, atentos aos pequenos mensageiros. Se

Herobrine chegasse antes que as defesas estivessem prontas, seria uma catástrofe.

Segurando o barco com firmeza debaixo do braço, Gameknight999 olhou para cima, para os arqueiros nas árvores, então passou os olhos pela vila observando as sentinelas atentas. Tinham flechas armadas em seus arcos, prontos para atirar em qualquer intruso. Dessa vez os monstros não iriam chegar até que eles estivessem prontos... bom, pelo menos era aquele o plano.

Assentindo para os arqueiros, o Usuário-que-não--é-um-usuário seguiu em direção à água. Vendo que os outros já o esperavam, ele começou a correr, mas uma voz o interrompeu.

— Gameknight! — gritou sua irmã.

Ele parou e se virou para ver Monet113 correndo em sua direção, o cabelo azul-neon voando atrás de si. Grandes listras amarelas, verdes e vermelhas adornavam a armadura da garota, já que ela tinha passado uma mão de tinta recentemente. Aquele colorido estampava um sorriso no rosto de quem o via; sua arte sempre parecia afetar as pessoas profundamente... era aquele o dom de Monet.

— Monet, era para você estar ajudando Escavador com as defesas — disse Gameknight.

— Eu sei — respondeu ela. — Eu só queria desejar boa sorte... e dizer para você ter cuidado.

Seu rosto quadrado expressava preocupação... e medo.

— Você não sabe o que há lá embaixo — completou ela. — Quem sabe o que Herobrine criou para proteger o Livro da Sabedoria?

— Eu sei... acha que não pensei nisso?

— Apenas tenha cuidado e não assuma riscos desnecessários. Não sou forte e corajosa como você. Acho que não conseguiria fazer tudo o que precisa ser feito sem você aqui.

— Não seja boba — respondeu Gameknight. — Para começo de conversa, eu voltarei logo. Além disso, Caçadora vai comigo e, se eu fizer algo idiota como me machucar, ela jamais me deixará sucumbir. E, também, veja a pessoa em quem você se transformou. Você esteve numa cidade zumbi e os ensinou a gostar de arte; você enfrentou monstros em batalha e destruiu Shaikulud, a rainha das aranhas.

Ele parou para olhar fundo nos olhos da irmã.

— Não é forte e corajosa... que piada! Você é mais forte e mais corajosa do que a maioria das pessoas que eu conheço... embora ainda seja um pouquinho impulsiva. — Ele sorriu e bagunçou os cabelos da irmã. — E, aliás, estarei de volta a tempo de impedir que você cause muita confusão.

Monet113 olhou para p irmão mais velho e enlaçou os braços ao redor da armadura rachada dele, apertando-o com força.

— Quando você estiver pronto, Gameknight! — chamou Caçadora, da praia.

Eles folgaram o abraço e olharam para o mar. Duas dúzias de barcos flutuavam na água fria. Caçadora continuava na praia, observando os irmãos.

— Preciso ir — disse Gameknight. — Mantenha todo mundo trabalhando nas defesas. Precisamos estar prontos quando Herobrine chegar. Conto com vocês para conseguirmos.

— Deixe comigo e fique frio.

Ela sorriu para o irmão, então voltou à construção que tomava conta de toda a vila.

Segurando o barco debaixo do braço, Gameknight correu para a margem. Ele podia sentir o olhar de desaprovação da Caçadora enquanto se aproximava.

— Vamos nessa — disse Gameknight, sorrindo. — O que estamos esperando?

Caçadora olhou para ele e teve vontade de gritar, mas, em vez disso, um sorriso tomou conta de seu rosto quadrado.

— É... está bem — concordou, colocando seu barco na água.

Gameknight pulou no barco e começou a se afastar das margens. O grupo seguiu em direção ao local onde Gameknight e Costureira tinham sido atacados. Eles se dispersaram para que os guardiões do Monumento Oceânico não pudessem atacar dois deles ao mesmo tempo. O Usuário-que-não-é-um-usuário estava torcendo para que, sendo um grupo grande, conseguissem confundir os guardiões e dificultar a defesa do templo subaquático... ou era o que esperava. Quando se aproximaram, logo começou a ver lulas na superfície brilhando em tom vermelho intenso.

— Saquem seus arcos e se preparem para atirar — ordenou Gameknight. — Todos que vão entrar no Monumento possuem botas e portas?

— Você ainda não nos disse por que precisamos de uma pilha de portas debaixo d'água — disse Talhador.

— Você vai ver quando chegarmos lá embaixo — explicou Gameknight. — Calcem as botas agora.

— O que é esse encantamento, Passos Profundos? — perguntou Artífice.

— É algo novo, da grande atualização de Minecraft — respondeu Gameknight. — Permite que você se mova mais rapidamente debaixo d'água, e acho que será importante ter velocidade quando entrarmos no monumento.

— Ahhhhh!

Um grito preencheu o ar e voltou a atenção de Gameknight para um dos NPCs. Um raio de luz havia saído da água e acertado o NPC nas costas; um zumbido estranho preencheu o ar.

— Arqueiros, atirem na água! — gritou Artífice.

De repente uma chuva de flechas caiu em direção à água. Em um segundo o guardião se fora e os gritos dos NPCs pararam.

— Todos devem ficar de olho na água em busca de guardiões — disse Gameknight. — Tentem ficar fora do alcance dos raios, mas, se virem um deles, atirem logo. Aqueles que vão entrar no Monumento comigo, vamos logo. Quanto aos demais, precisamos que mantenham os guardiões ocupados e tentem reduzir o número deles. Fiquem em pares para que um de vocês possa atirar caso o outro seja atacado. Vamos nessa!

Sem esperar resposta de ninguém, o Usuário-que--não-é-um-usuário virou seu barco e seguiu em direção à estrutura subaquática brilhante. Ele virava o barco para a esquerda e para a direita, desviando dos lasers, mas teve que sacar o arco para atirar algumas flechas. Espantou alguns dos monstros de um olho só, sem, contudo, destruí-los. Quando se viu sobre a estrutura, Gameknight se virou para se dirigir àqueles que o seguiam.

—Bebam sua poção de visão noturna antes de pular na água. Teremos oito minutos para entrar, destruir o monstro de Herobrine e pegar o Livro da Sabedoria. Então vamos beber a segunda poção, com mais oito minutos para conseguir sair do Monumento. Quando os efeitos da poção de visão noturna começarem a passar, ficaremos num completo breu lá embaixo e nos perderemos. Então, logo que pularmos na água precisaremos nos mover com rapidez. — Gameknight olhou pela lateral de seu barco para a estrutura debaixo d'água. —Lembrem-se... mantenham sempre uma porta na mão, a não ser que estejam lutando —disse ele.

Sacou uma garrafa de vidro do seu inventário e a levou aos lábios, bebendo o líquido amargo em três longos goles. Gameknight percebeu sua visão mudar na mesma hora; coisas que normalmente eram escuras no fundo do oceano se tornaram visíveis. Ele sacou uma porta do seu inventário e pulou do barco. Seu corpo foi envolvido pela água fria.

Afundou imediatamente. Olhando para baixo, avistou o Monumento Oceânico com clareza. O monumento era feito de blocos azul-esverdeados, alguns mais escuros, outros mais claros — blocos de prismarina, pelo que ele se lembrava. Toda a estrutura se apoiava em colunas largas com pelo menos oito blocos de altura. O teto do monumento fora construído inclinado para cima, com blocos mais escuros posicionados em intervalos regulares ao longo do perímetro. No topo do prédio ficava uma estrutura intrincada, com brilhantes blocos brancos decorando os pilares altos e o teto aberto. Ao longo da fachada do monumento, Gameknight podia ver arcos brilhantes que recobriam um salão, sendo que um dos lados mostrava uma pequena abertura... devia ser a entrada.

Guiando a descida, ele aterrissou suavemente no teto da estrutura. Atrás de si, Gameknight viu seus quatro amigos, Artífice, Talhador, Caçadora e Construtor, também descendo devagar. Sentindo que estava quase sem ar, Gameknight sacou uma porta e a colocou no monumento. Imediatamente, uma bolha de ar quadrada se formou ao redor da porta. Gameknight se aproximou dela e pôde tomar fôlego. Os outros, vendo o que ele havia feito, também colocaram portas para poderem respirar. Caçadora caminhou até Gameknight e colocou a própria porta, de maneira que a bolha de ar deles se juntasse e formasse uma só.

— Você bem que podia ter nos contado que as portas eram para isso — falou Caçadora.

— Mas aí eu não teria a chance de ver essa surpresa estampada no seu rosto aqui embaixo — explicou Gameknight com um sorriso.

— Sabe, dá até para pensar que... cuidado, atrás de você!

Gameknight se virou, desembainhando a espada. Havia um guardião logo atrás dele, seu único olho cheio de ódio com aquela invasão. Afiados espinhos laranjas saíam de seu corpo azul-esverdeado enquanto ele balançava a grande cauda. O peixe espinhoso nadou rapidamente, deixando um rastro de bolhas enquanto rodeava Gameknight999. De repente, o guardião arremeteu, tentando empalar o Usuário-que--não-é-um-usuário com seus espinhos longos e mortais. Brandindo a espada de diamante, Gameknight golpeou um dos lados do corpo da criatura, afastando-a. Então, puxando a espada de ferro, ele avançou, apontando ambas as armas para o guardião. O peixe espinhoso desapareceu depois de levar mais dois golpes. Sem parar para conferir se a criatura havia deixado alguma coisa cair, ele voltou para a porta.

— E aí, a luta foi emocionante? — perguntou Caçadora enquanto Gameknight tomava fôlego.

Ele franziu a testa, depois caminhou pelo telhado, em direção aos arcos. Quando chegou na beirada, pulou e desceu lentamente. Viu uma porta do lado do prédio e mirou nela. Quando estava bem próximo da abertura, sacou outra porta. Seus pulmões começaram a arder, com a diminuição do oxigênio.

Um guardião irrompeu de trás de um bloco e atacou, mirando os espinhos afiados nele. Gameknight bateu no peixe com a porta que estava segurando. O golpe não causou muitos danos à criatura, mas fez com que o monstro se afastasse um pouco. Nadando depressa, ele seguiu em direção a uma abertura na lateral do prédio, ao mesmo tempo em que mantinha os olhos no guardião. Assim que entrou na câmara, colocou uma porta no canto da sala e tomou fôlego, enchendo os pulmões. Então empunhou a espada e ficou à espera de algum ataque. Nada aconteceu.

Afastando-se da porta, Gameknight examinou o local. A câmara de entrada tinha apenas uma dúzia de blocos em cada direção e três de altura. Cada parede possuía portais largos adornados por blocos verde-claros, as aberturas levando mais para dentro do labirinto do Monumento Oceânico. De repente, um guardião nadou para o interior da câmara, depois passou por um dos três portais que saíam da sala. Sem querer encontrar aquela criatura de novo, Gameknight999 nadou em direção à primeira porta. Puxando blocos de tijolos vermelhos, ele selou a saída, depois nadou para as outras e fez o mesmo, impedindo que mais sentinelas entrassem ali. Uma luz fraca brilhava pela abertura na parede externa: a iluminação era proveniente das lanternas marinhas que estavam do lado de fora e mal bastava para quebrar a escuridão da câmara.

Voltando para a entrada, Gameknight posicionou portas na câmara, então empunhou sua espada e se preparou para a chegada de mais peixes espinhosos. Quando seus amigos entraram, cada um correu para a porta mais próxima, respirando o precioso oxigênio. Gameknight seguiu até a porta de Artífice e colocou mais quatro perto dele, para que todos pudessem estar no mesmo espaço. Fazendo sinal para que os outros se juntassem, ele foi para perto do amigo.

—Viu como esses guardiões são rápidos?! — exclamou Construtor. — São como mísseis espinhosos projetados na água.

Um dos guardiões irrompeu pela entrada e atacou. Seu raio acertou Artífice no ombro. Gameknight nadou em direção ao monstro e o atacou com uma das espadas, mas só conseguiu mover a arma com metade da velocidade normal. Sacando a de ferro, continuou a atacar a besta.

O monstro investiu, tentando acertá-lo com seus espinhos, mas Talhador estava lá e esmagou a criatura com sua picareta. Ele também parecia estar se movendo em câmera lenta, mas, juntando forças, ambos conseguiram destruir o monstro.

Voltando para tomar fôlego, Gameknight fechou a última abertura, encerrando o grupo na câmara.

— Por que você estava manuseando a espada tão devagar? — perguntou Artífice.

— Por causa de um efeito chamado fadiga de mineração — explicou Gameknight. — Acredito que os Guardiões façam isso com a gente usando seus raios laser. Teremos problemas para conseguir cavar através das paredes.

— Cavar não será o problema — garantiu Talhador. — Mas para que direção vamos?

Olhando ao redor, Gameknight viu os três portais que havia selado com tijolos. Cada um deles levava a uma direção diferente através do Monumento Oceânico. Apenas um os levaria até o Guardião Ancião... mas qual?

Vá pela direita, depois suba, então siga reto, disse uma voz na mente de Gameknight.

Era seu amigo, Shawny.

O quê?, pensou ele, imaginando seus dedos digitando no chat.

É um labirinto, disse Shawny. *Estou olhando num mapa online. Aparentemente a maioria das pessoas tenta ficar no mesmo nível, mas sempre acaba se perdendo. Siga minhas instruções... guiarei você até o Guardião Ancião.*

Quem?, perguntou Gameknight.

O Guardião Ancião. É isso o que o espera... divirta-se.

Gameknight riu.

— Qual a graça? — perguntou Caçadora.

— Nada... apenas uma coisa que Shawny me disse — respondeu Gameknight. — Mas ele me contou qual caminho temos que seguir.

— E então encontraremos seu livro? — perguntou Hunter.

— Não, mas estaremos mais perto de encontrar. E, com Shawny como guia, teremos mais chances de conseguir sair vivos desta.

Movendo-se em direção à parede coberta de tijolos à direita, Gameknight posicionou uma porta para poder começar a cavar, mas Talhador passou na frente do Usuário-que-não-é-um-usuário e começou a escavar usando a picareta. Enquanto ele cavava, Gameknight colocou outra porta ao lado do robusto NPC e sacou suas espadas, pronto para lutar contra qualquer coisa que surgisse pelo portal.

CAPÍTULO 21
O GUARDIÃO ANCIÃO

Movendo-se o mais rápido possível, Gameknight guiou os outros pelo Monumento Oceânico, recebendo orientações de seu amigo usuário no mundo real, Shawny. Seguindo Gameknight de perto vinha Talhador. O NPC robusto se recusava a ficar a mais do que um ou dois blocos de distância do Usuário-que-não-é-um-usuário, com a picareta sempre a postos.

Para Gameknight, era compreensível que as pessoas se perdessem com tanta facilidade dentro do Monumento. Cada sala se parecia com a anterior. Cada uma era feita de blocos de prismarina azul-esverdeados, os mais escuros contornando o aposento, os mais claros formando as paredes e o piso. Estranhos blocos brilhantes chamados lanternas marinhas iluminavam cada duas salas. Elas lançavam uma luz forte pela câmara, mas quase não clareavam os arredores. Com suas poções de visão noturna ainda funcionando, sua equipe não se importou muito com os blocos brilhantes, mas, se não conseguissem sair antes de a poção perder a força, as lanternas marinhas se tornariam essenciais.

Guardiões saíam das sombras a cada oportunidade, lançando-se para cima deles com os espinhos afiados em riste e atirando lasers dos olhos. Todos os NPCs foram atingidos enquanto caminhavam pela estrutura, mas rapidamente aprenderam como lutar contra os peixes espinhosos.

Trabalhando em pares, eles atacavam os guardiões que se aproximavam. Gameknight funcionava como isca e se lançava para cima do animal, depois se afastava, enquanto Talhador se aproximava do monstro. Sob a picareta pesada do NPC e as espadas de Gameknight, o peixe não tinha muita chance. Posicionados no final do grupo, Caçadora, Artífice e Construtor também eram constantemente atacados pelas feras. Entretanto, Caçadora teve a ideia de posicionar portas pelas entradas das câmaras, impedindo os peixes de atacarem e ao mesmo tempo permitindo que o grupo se movesse facilmente pela câmara quando fosse a hora de sair e nadar até a superfície.

Gameknight posicionou uma porta na entrada de uma câmara adjacente e olhou para dentro. Um estranho conjunto de colunas verdes se situava no centro da câmara, com lanternas oceânicas brancas conectando os pilares. Movendo-se encostado à parede, ele colocou outra porta e tomou fôlego antes de prosseguir seguindo as instruções de Shawny.

Você está quase chegando, disse o amigo pelo chat, as palavras se formando na mente de Gameknight.

Que caminho seguimos agora?

Ao redor daquela coisa quadrada que está lá na frente, então vire à esquerda, explicou Shawny. Você logo verá uma abertura que se abre para uma câmara grande de dois andares. Tenho certeza de que este é o quarto dos tesouros... o Guardião Ancião deve estar lá.

Certo. Obrigado, agradeceu Gameknight, em seguida virando-se para os seus companheiros.

Apontando para o próximo aposento, Gameknight sinalizou para que eles dessem a volta e virassem à esquerda. Eles balançaram suas cabeças quadradas e seguiram o Usuário-que-não-é-um-usuário.

Na próxima câmara havia uma grande estrutura quadrada feita de blocos de prismarina escuros. No teto e no piso havia blocos mais claros, com lanternas oceânicas nos cantos. As lanternas brilhavam intensamente, e as extremidades dos blocos eram delineadas de verde. Em outras circunstâncias, aquela câmara poderia ser chamada de linda, magnífica, mas, com monstros escondidos em algum lugar nas sombras, esperando para destruir Gameknight e seus amigos, era difícil apreciar a beleza.

Contornando a estrutura de blocos, Gameknight adentrou uma passagem estreita. De repente, viu um único olho fitando-o, a pupila escura cheia de ódio. Os espinhos laranjas da sentinela se eriçaram, e o monstro atacou. Sem escolha a não ser lutar, Gameknight lançou-se para frente, atacando com as duas espadas e toda força. A de ferro acertou o guardião na lateral do corpo, mas não antes de um dos espinhos do monstro perfurar a armadura e atingir sua pele. A dor percorreu o braço direito, e apenas sua força de vontade o impediu de deixar cair a espada de diamante.

Virando-se para proteger o braço direito, Gameknight se preparou para atacar novamente. Antes que pudesse se mover, contudo, a silhueta robusta de Talhador subitamente passou sobre sua cabeça e parou bem na sua frente. Sem diminuir a velocidade, ele atacou o guardião. O peixe espinhoso deu um passo atrás e lançou seu raio contra o NPC. O laser acertou Talhador bem no peito, mas isso não o parou. Brandindo a enorme picareta com uma força impressionante, Talhador se lançou contra o monstro e o destruiu com apenas três golpes.

Depois de checar a próxima esquina em busca de emboscadas, Talhador posicionou uma porta no chão e tomou fôlego. Aproximando-se dele, Gameknight enfiou a cabeça na bolha de ar para tomar fôlego e olhou para o amigo.

— Obrigado por me salvar — agradeceu Gameknight.

— Não vou deixar que ninguém machuque você — disse Talhador, massageando o local onde fora atingido.

— Tudo bem com você? — quis saber Gameknight.

Talhador pegou uma maçã e a comeu depressa, depois assentiu para o amigo.

— Vamos, precisamos continuar — disse o robusto NPC. — Mostre o caminho.

Gameknight assentiu, então passou por Talhador e continuou caminhando ao redor da estrutura de blocos. Quando chegou à outra extremidade do aposento, encontrou uma abertura na parede que levava a uma grande câmara. Dentro dela, havia um grande cubo feito de blocos verde escuros e lanternas brancas brilhando em cada canto. Cubos de prismarina haviam sido colocados em grupos de três ao longo da câmara, com pilares que chegavam até o teto. O chão do ambiente estava parcialmente iluminado, mas o teto não era muito visível. Qualquer coisa podia estar escondida naquelas sombras perto do teto.

Na escuridão, Gameknight viu algo se mexendo. Uma nadadeira se moveu perto da luz, mas desapareceu rapidamente em meio às sombras. Ele avistou apenas a silhueta da criatura, mas não o monstro inteiro.

Ficou confuso.

Concluiu que aquele deveria ser o Guardião Ancião... um peixe como todos os outros guardiões que eles haviam encontrado até o momento, só que, pelo que pôde ver daquela criatura lá embaixo, em proporções gigantescas. Provavelmente tinha o dobro do tamanho do animal que guardava a entrada do monumento, se não mais. *Isso é possível?*, pensou ele.

Um espinho roxo brilhou na luz refletida pelas lanternas marítimas perto do chão da câmara quando a enorme criatura se aproximou delas. Aquele espinho afiado era provavelmente tão longo quanto sua espada, talvez mais.

Caçadora se aproximou de Gameknight e deu uma espiada dentro da câmara dos tesouros. Ela posicionou uma porta logo atrás deles, para que ambos pudessem ficar perto da bolha de ar.

— Você viu aquilo? — perguntou Gameknight.

— O quê? — rebateu.

De repente, alguma coisa clara passou pela abertura da câmara, deixando para trás um longo rastro de bolhas. Gameknight viu o contorno do único olho na cara quadrada da criatura, a pupila brilhando em tom vermelho vivo. Seu corpo era coberto de pelo menos uma dúzia daqueles espinhos afiados, cada um de coloração roxa e todos armas letais.

Caçadora recuou um passo atrás e puxou sua espada.

— O que foi...?

— Aquilo era o Guardião Ancião — interrompeu Gameknight.

— Mas o tamanho daquela coisa... — gaguejou a garota.

— Eu sei.

— E aqueles espinhos todos, eles são maiores do que... quero dizer, eles eram afiadíssimos e tão grandes quanto... eu.

— Eu sei — repetiu Gameknight.

— Você reparou na rapidez dele? Como vamos conseguir pegar aquela coisa?

— Não faço ideia.

De repente, a criatura estava flutuando na entrada da câmara, fitando Gameknight999 nos olhos. O sangue dele gelou.

Antes mesmo que o Usuário-que-não-é-um-usuário pudesse fazer qualquer movimento, um raio de luz irrompeu de dentro do olho raivoso daquela criatura e o atingiu bem no peito. A dor envolveu seu corpo conforme o golpe do Ancião diminuía seu HP. Olhando bem no fundo dos olhos daquela criatura, ele viu ódio irradiando da fera através do laser e entrando diretamente nele.

E ficou aterrorizado.

Erguendo a espada de diamante, Gameknight conseguiu bloquear o raio, fazendo com que a lâmina da arma o refletisse, e causou uma rachadura na parede. Afastando-se da abertura, ele encontrou uma porta no canto e parou para tomar fôlego.

Artífice se aproximou.

— O que foi aquilo? — perguntou.

— Aquilo era o Guardião Ancião — explicou Gameknight, tentando retomar o fôlego. — E ele acabou de me acertar com um raio.

— Tudo bem com você?

Gameknight assentiu.

— Não sei quantos desses ataques a gente conseguirá suportar — admitiu o Usuário-que-não-é-um-usuário.

— Coma alguma coisa... rápido — orientou Artífice, entregando um melão para ele.

Gameknight comeu o melão depressa, sentindo seu HP ser recarregado aos poucos.

— Vamos acabar logo com isso — disse, depois olhou em volta, para os amigos. — Estão todos prontos?

Os outros NPCs assentiram.

— Certo — falou Gameknight, desembainhando as duas espadas.

Ele passou diante da entrada e saltou para dentro da próxima câmara. Enquanto caía lentamente, sua visão noturna se esgotou, atirando-o na mais completa escuridão.

— Não... agora não! — implorou para si mesmo.

Ele caiu por um longo tempo, até aterrissar no chão da câmara. As lanternas marítimas iluminaram de leve os cantos do aposento, emprestando pouca luminosidade ao local. Guardando as espadas, ele acessou o inventário e pegou sua última garrafa de poção de visão noturna. Quando estava prestes a abrir a tampa, algo enorme passou perto dele, gerando uma corrente turbulenta que derrubou a garrafa de suas mãos. Lentamente, a garrafa de vidro caiu no chão e desapareceu na escuridão que o cercava.

Ah, não! Preciso dessa poção para enxergar, pensou ele. *Deve estar em algum lugar perto dos meus pés.*

Rapidamente, Gameknight se ajoelhou e começou a tatear. Enquanto procurava no escuro, um raio mortal passou, brilhante, perto de sua cabeça e acertou um bloco de prismarina. A luz do raio do Guardião iluminou apenas o suficiente para ele conseguir ver a garrafa.

Ali!, pensou ele. *Um pouquinho mais para a esquerda.*

Engatinhando para a frente, o Usuário-que-não-é--um-usuário estendeu a mão e fechou os dedos quadrados ao redor da garrafa. Abrindo a tampa, bebeu rapidamente o líquido azul-escuro e se levantou, enquanto a visão noturna retornava. Virando-se, Gameknight percebeu que estava no centro da câmara.

Um olho gigantesco encontrava-se a apenas alguns centímetros do seu rosto, a pupila vermelha de ódio.

— Ahhhhhh! — gritou Gameknight, soltando bolhas de ar pela boca.

Antes que conseguisse sacar a espada, o Ancião trombou com ele, e espinhos roxos se chocaram contra a armadura de diamante.

E no momento seguinte o monstro havia partido, escondendo-se nas sombras. Uma trilha de bolhas de ar marcava seu caminho, mas por algum motivo elas seguiam para cima... aquilo não fazia o menor sentido.

Posicionando uma porta, Gameknight respirou fundo, então entrou na câmara. Ele olhou ao redor, tentando localizar seu inimigo, mas só conseguiu ver uma ou outra bolha de ar. De repente, um dos cantos da câmara se iluminou. Quando Gameknight seguiu em direção ao brilho, viu Construtor recuar ao ser atingido bem no peito por um laser brilhante.

— Erga a sua espada — gritou Gameknight, mas as palavras não se fizeram ouvir na água.

Nadando rapidamente até o amigo, ele sacou a própria espada de diamante e refletiu o laser de volta para a gigantesca criatura, que foi atingida perto do olho com o raio que lançava. Agitando a cauda gigante, o monstro se afastou, desaparecendo nas sombras.

Posicionando outra porta, Gameknight arrastou Construtor para uma bolha de ar.

— Tudo bem? — perguntou ele.

— Não sei — respondeu Construtor. — Eu me feri bastante.

— Você tem alguma comida?

Construtor acessou seu inventário e pegou uma maçã, depois comeu a fruta rapidamente. Então pegou outra e a comeu também.

— Fique aqui e espere seu HP recarregar.

Construtor assentiu.

Então Gameknight respirou fundo e nadou. Precisava encontrar aquela criatura e acabar com ela antes que algum de seus amigos ficasse seriamente ferido. Ele podia escutar o monstro nadando nas sombras acima.

Alguma coisa está se movendo lá em cima perto do teto, no escuro, pensou Gameknight.

E então algo passou ali perto, nadando.

Uma dor lancinante o atingiu nas costas. Virando-se, ele ergueu a espada e refletiu o raio. Avançou, com a espada de ferro na outra mão. Dessa vez, o monstro não nadou para longe. Esperou que Gameknight se aproximasse, mas, à medida em que ele chegava mais perto, a intensidade do laser ficava maior. O Usuário-que-não-é-um-usuário sentia sua espada de diamante começar a ficar quente. Logo ele não iria mais conseguir segurá-la. Correndo adiante, ele se chocou contra a besta gigantesca. Porém, quando estava prestes a acertá-la, a criatura nadou para cima, saindo do alcance e desaparecendo nas sombras.

Gameknight foi até uma porta que estava ali perto, para retomar fôlego. Do outro lado da câmara, Talhador tentava se defender enquanto a criatura o atacava por cima, os espinhos afiados em riste. Antes que o robusto NPC conseguisse atacar a criatura, o peixe nadou para o alto e foi ferir outro NPC.

Preciso descobrir uma maneira de acabar com esse monstro, ou ele vai acabar destruindo todos os meus amigos.

Gameknight nadou até um dos cantos da câmara, onde posicionou uma porta e pensou a respeito do problema, esperando que as peças daquele quebra-cabeça se encaixassem em sua mente, mas... nada. Foi então que a música de Minecraft soou, enquanto a voz do Oráculo falava dentro de sua cabeça.

Você só conseguirá realizar aquilo que conseguir imaginar, disse sua voz rouca. *Você não está sozinho.*

Ele pensou a respeito daquelas palavras... *você não está sozinho.* Era um conselho... uma pista? Enquanto ele contemplava as palavras, viu o Guardião atacar Artífice e o jovem NPC tentar acertar a criatura com sua espada. A fera, entretanto, nadou para fora de alcance no último momento.

— Não conseguiremos fazer isso sozinhos. Temos que trabalhar juntos — disse ele, para ninguém em particular. — É isso... *você não está sozinho!*

Ele correu em direção a cada NPC e explicou rapidamente que eles deveriam voltar para a câmara por onde haviam entrado no covil do guardião. Enquanto Gameknight observava Construtor nadando para a abertura no alto da parede da câmara, a criatura atacou. Dessa vez, o garoto estava preparado. Com as duas espadas em punho, ele correu na direção do monstrengo, pronto para bloquear o laser com a espada de diamante enquanto o perfurava com a de ferro. Os espinhos roxos da criatura acertaram a armadura de diamante de Gameknight, fazendo com que o Usuário-que-não-é-um-usuário desse um passo para trás. Fingindo ter sido atingido, Gameknight pousou um joelho no chão e ergueu a espada, acertando a barriga do monstro. Ele sentiu a espada perfurar a carne do guardião e a criatura piscou uma luz vermelha. Antes que o peixe pudesse se afastar, Gameknight investiu com sua espada de diamante, mas o animal nadou para cima, conseguindo escapar mais uma vez. O Usuário-que-não-é-um-usuário pôde ver surpresa e raiva nos olhos da criatura quando ela o encarou. Mas, por mais estranho que pudesse parecer, o olho da criatura não emanava um brilho fantasmagórico, como acontecia com as criaturas criadas por Herobrine. Não: o olho parecia normal... puro. A pupila não tinha a cor de sangue, mas a cor de um rubi.

Gameknight nadou até os amigos e flutuou até a câmara que se abria para a do guardião. Posicionou uma porta longe da entrada, então colocou outras quatro para seus amigos. Todos eles se moveram em direção aos bolsões de ar, respirando pesadamente.

— Como faremos para derrotar esse monstro? — perguntou Construtor. — Ele é forte demais... essa é uma tarefa impossível.

— Não... nós podemos conseguir — insistiu Gameknight.

— Eu tenho que concordar com Construtor dessa vez — disse Caçadora. Ela apontou para os buracos profundos em sua armadura. — Aqueles espinhos são duros como diamantes e mais afiados do que qualquer coisa que eu já vi. O monstro me atacou três vezes e, em todas elas, eu nem consegui tocá-lo com minha espada. Ele nada para longe sempre que estamos prestes a acertá-lo.

— Isso mesmo. Ele nada para longe — concordou Gameknight. — Por isso, precisamos impedir que ele fuja nadando... temos que bloquear a rota de fuga.

— Com o quê? — perguntou Caçadora.

— Com nossos corpos — respondeu Gameknight. — Escutem bem o que vamos fazer.

Enquanto ele explicava seu plano, podia ver o medo estampado no rosto de seus amigos se transformar em esperança... e no caso da Caçadora, em empolgação.

— Essa ideia é muito maluca. É incrivelmente perigosa e tem poucas chances de dar certo — pontuou Caçadora. — Adorei!

Gameknight sorriu, então foi até a abertura que olhava para a camada do Guardião.

— Vamos nessa! — disse ele, pulando para dentro da câmara.

Enquanto caía, seu grito de guerra ecoava pela câmara cheia de água:

— POR MINECRAFT!

CAPÍTULO 22

O LIVRO DA SABEDORIA

Ao aterrissar no chão da câmara do Guardião, Gameknight999 se dirigiu imediatamente para a lateral do cômodo, onde havia uma porta. Ofegante, disparou em volta da grande estrutura central, procurando a fera, mas ela não estava à vista. Continuou a correr em torno da estrutura e encontrou Construtor do outro lado. Ele acenou para o NPC, apontando para seus próprios olhos e, em seguida, para o cômodo. Construtor negou com a cabeça; ele também não tinha avistado a criatura.

Ao sair do ambiente, Gameknight entrou no longo corredor e bateu com o cabo de sua espada de diamante sobre os blocos de prismarina azuis e verdes que compunham a estrutura. O barulho ressoou por todo o monumento, como o martelo de um ferreiro batendo numa bigorna quente. Gameknight999 nadou corredor adentro e parou para escutar... mas só conseguia identificar bolhas e o chacoalhar das águas.

De repente, viu uma luz brilhante à direita e correu na direção dela. Quando dobrou a esquina, Gameknight avistou Construtor de joelhos, atingido no peito com a intensidade máxima do laser do Guardião. Ele correu o mais rápido que pôde e tentou alcançar seu amigo, mas estava longe demais. A armadura no peito de Construtor se partiu e caiu no chão, expondo sua carne ao feixe de luz ardente. Enquanto o NPC piscava em um clarão vermelho, Gameknight sacou seu arco e tentou disparar uma flecha contra o monstro... mas ainda estava longe demais, e a flecha atravessou apenas dois blocos antes de cair inofensivamente no chão.

Por fim, ele alcançou o monstro e atacou a criatura com a espada de diamante, mas seu braço estava mais lento que o normal, pois o efeito da fadiga de mineração ainda o afetava. Quando a espada atingiu o Guardião, o monstro emitiu um clarão vermelho piscante e flutuou para cima, saindo de alcance.

Ele, no entanto, não parou de atingir Construtor com o laser. Gameknight correu até o amigo e estendeu a espada para bloquear a luz fulgurante. Porém, antes que pudesse alcançá-lo, Construtor olhou com tristeza para o Usuário-que-não-é-um-usuário pela última vez e então desapareceu, deixando seus itens espalhados pelo chão da câmara.

— Nãaaaaao! — gritou Gameknight, mas era tarde demais... Construtor estava morto.

O Usuário-que-não-é-um-usuário girou o corpo e ergueu o olhar fulminante para o Guardião Ancião. Em seguida, correu até a porta mais próxima para tomar um pouco de ar. No espaço aberto, apontou a espada de diamante para o gigante espinhoso, recuando lentamente.

—Você consegue me ouvir... não é? — gritou ele para a água.

O Guardião o encarou com a monocelha arqueada de raiva.

—Você matou meu amigo, e agora eu vou acabar com você!

Gameknight recuou ainda mais rápido, atraindo a fera para si.

O olho do monstro emitiu uma luz abrasadora em direção à cabeça de Gameknight, mas ele estava preparado. Ergueu a espada de diamante e com facilidade refletiu o feixe de luz.

—Isso não vai funcionar comigo, monstro! Se quiser me pegar, vai ter de vir aqui embaixo!

O Guardião Ancião apagou seu laser, aterrissou lentamente no chão e se aproximou de Gameknight999. O Usuário-que-não-é-um-usuário enfiou a cabeça em uma bolsa de ar que estava ao redor da porta mais próxima e continuou a recuar, tentando dar a impressão de que estava com medo. Não foi difícil — ele estava em pânico, mas se recusava a desistir, pois aquilo significaria fracassar.

Gameknight continuou a recuar, mas se viu sem espaço e esbarrou na parede da câmara. Ao perceber que a presa estava encurralada, o Guardião Ancião balançou a cauda gigantesca e atacou.

Os longos espinhos tentaram espetar Gameknight999, mas a espada de ferro do Usuário-que--não-é-um-usuário os afastou enquanto buscava atingir aquele olho imenso com a espada de diamante. Como esperado, a criatura recuou, mas de repente Caçadora apareceu, e sua arma afiada como navalha golpeou as costas do monstro. Ele girou e se atirou contra ela, mas Artífice estava a seu lado, e a espada dele buscava a carne amarela-pálida do monstro. Ao perceber que estava cercado, o Guardião começou a flutuar.

— *AGORA!* — gritou Gameknight.

Do alto, Talhador despencou pela água e caiu nas costas do monstro, atacando-o com sua poderosa picareta e golpeando a carcaça espinhosa. Com o Guardião preso ao chão, todos atacaram, lacerando o corpo da criatura em busca de vingança pela morte de Construtor. Sem parar para respirar, eles continuaram o ataque enquanto o monstro emitia um clarão vermelho repetidas vezes. Com seu HP quase no fim, a criatura soltou uma longa sequência de bolhas, depois rolou para o lado, atirando Talhador ao chão.

Gameknight foi até uma porta para obter um rápido sopro de ar, depois se aproximou do olho da criatura e disse:

— Você matou meu amigo! Agora é sua vez! — exclamou Gameknight. — Seu criador, Herobrine, não o fez forte o bastante para resistir a todos nós... sua arrogância e a dele o fizeram sucumbir!

— Você está enganado — respondeu o Guardião Ancião com a voz tomada pelo som efervescente de um milhão de bolhas. — Eu não fui criado por Herobrine. Aquela criatura vil não sabe da minha existência. Se soubesse, estaria aqui tentando me destruir.

Gameknight deu um passo para trás, confuso.

— Se você não foi criado por Herobrine, quem o criou?

— A Oráculo — respondeu o poderoso peixe.

Ele se esforçou para respirar e, em seguida, virou seu grande olho para encarar Gameknght999 de frente.

— O quê? — perguntou Gameknight. — Não acredito!

— Ela me contou que você diria isso — respondeu o Guardião. — Oráculo me criou com o intuito de dar uma lição àqueles que vêm para o Monumento Oceânico. E os que aprendem a lição ganham a recompensa.

— Qual a recompensa?

— Ora, o Livro da Sabedoria, é claro — disse a criatura.

— Onde está o livro? — perguntou Gameknight.

— Dentro de mim. O vitorioso só pode obter o livro por meio da minha morte — explicou o Guardião Ancião. — Você aprendeu a lição, como previu a Oráculo. Gameknight999 é verdadeiramente digno e foi o primeiro a descobrir a melhor forma de me derrotar na batalha. Você é realmente o Usuário-que-não-é-um--usuário.

O Guardião se esforçou para dar um último suspiro.

— Às vezes — esganiçou o monstro — a lição é a jornada, não o destino. — E o Guardião Ancião desapareceu, deixando para trás muitas esferas brilhantes de XP e um único livro, com capa de couro.

Gameknight apanhou o tomo de aparência antiga enquanto as esferas de XP passavam para o seu corpo. Ao seguir para a lateral da sala, encontrou uma porta e entrou em uma bolsa de ar. Logo, Artífice, Caçadora e Talhador estavam a seu lado.

— E aí? — perguntou Artífice. — O que tem no livro?

— Eu ainda não abri — respondeu Gameknight.

— O que você está esperando? — perguntou Caçadora. — Leia logo pra gente sair daqui! — Talhador estava ao lado dele, mas nada dizia, dando-lhe apoio silencioso com sua postura troncuda.

Este livro vai me mostrar onde encontrar sabedoria e coragem para enfrentar Herobrine e usar a arma da Oráculo, pensou. *Sem ele, estaríamos perdidos, mas agora vou descobrir onde encontrar o que preciso para salvar Minecraft e todos os meus amigos!*

Ele soltou um suspiro aliviado e cuidadosamente abriu o livro. Ao ver o conteúdo do antigo volume, ficou perplexo. Ao virar a página, a mesma coisa. De página a página, Gameknight encontrou a mesma coisa várias vezes.

— O que é isso... algum tipo de piada? — Gameknight gritou com os olhos cheios de raiva e frustração.

— O que aconteceu? — quis saber Artífice. — O que diz aí? Onde a gente pode encontrar o que precisa para derrotar Herobrine?

Gameknight999 olhava estupefato para o livro. Cada página era uma folha espelhada, refletindo sua própria imagem.

— Eu precisava saber onde encontrar a coragem e a sabedoria para derrotar Herobrine e tudo o que vejo é o meu reflexo! — exclamou Gameknight, enraivecido.

Gameknight entregou o livro a Artífice, virou-se e olhou para o teto, furioso.

Lutamos contra aquele monstro e Construtor teve de morrer por essa piada cruel!, refletiu ele. *Quem sabe quantos NPCs estão se ferindo na luta contra os guardiões na superfície do oceano? E fizemos tudo isso em troca de um mísero espelho... ORÁCULO!*

Mas a música de Minecraft não tocou.

Ele tirou o livro das mãos de Artífice e olhou para o teto.

— Temos que sair daqui antes que a poção de visão noturna acabe — afirmou.

Ele observou o lugar onde os itens do Construtor ainda flutuavam e suspirou. Sentia-se traído e derrotado.

— Vamos lá — chamou. — Vamos embora!

Ele nadou para cima, depois foi até a câmara no alto da parede. No entanto, em vez de seguir os corredores sinuosos que serpenteavam através do Monumento, Gameknight flutuou para cima. Usou sua picareta de diamante e atravessou o teto. Imediatamente, o grupo se viu em águas abertas com espinhosos guardiões azuis nadando ao redor, perseguindo lulas. Antes que qualquer um dos peixes de um olho só os notasse, eles alcançaram a superfície e subiram nos barcos. Gameknight olhou o oceano à sua volta e avistou NPCs em barcos, mas, infelizmente, algumas embarcações estavam vazias. Suspirou outra vez e conduziu seu barco à margem.

— Vamos lá, pessoal! Temos de voltar para a vila! — gritou Gameknight.

Enquanto rumavam para a costa, Artífice aproximou seu barco do de Gameknight.

— O que você acha que o livro significava? — perguntou o jovem NPC.

Gameknight suspirou.

— Eu não sei... Talvez não signifique nada. Talvez a Oráculo seja apenas um criança mimada e má como Herobrine e tenha pregado essa peça em nós só por diversão.

— Não dá para acreditar nisso — disse Artífice. — Tem que significar alguma coisa.

— Eu só precisava saber como derrotar Herobrine — resmungou Gameknight, suspirando em seguida. — Talvez ela estivesse tentando me dizer que a coragem e a sabedoria de que preciso já estão dentro de mim.

— Pode ser — concordou Artífice.

— Bem, ela podia ter me dito isso antes — disse Gameknight, exasperado. — Construtor e muitos outros sacrificaram a própria vida para que eu descobrisse isso. Não é justo! — Ele então olhou para o céu azul e gritou: — ESTÁ ME OUVINDO, ORÁCULO? *NÃO É JUSTO!*

A música de Minecraft não tocou.

— Talvez você não tivesse acreditado de verdade na lição se a recebesse de mão beijada — ponderou Artífice.

Gameknight suspirou novamente enquanto concordava com a cabeça.

— Sei que posso ser corajoso quando tenho que ser — afirmou o Usuário-que-não-é-um-usuário. — E não sou idiota... tenho alguma sabedoria nesse meu miolo mole, mas acho que isso não é o suficiente. Tem alguma coisa que não estou entendendo. — Pegou o Livro da Sabedoria e contemplou as páginas brilhantes. — Olhar o meu próprio reflexo não me ajuda muito a encontrar o que preciso... há algo mais aqui que eu deveria descobrir, mas... o quê?

Ele mirou as calmas águas azuis; o chapinhar das lulas que brincavam por perto se juntavam ao lindo cenário. Podia ver a margem se aproximando: a vila acabava de se tornar visível a distância. À medida que chegavam mais perto, porém, Gameknight era tomado pelo medo. Tinha consciência de que em breve Herobrine estaria lá, e ainda não sabia o que fazer. Todos estavam contando com ele para salvá-los, e ele nem sequer sabia como salvar a si próprio.

Sua alma começou a borbulhar de raiva.

— Não sei o que fazer, Artífice. Tenho medo de falhar com todos.

— Não se desespere, Usuário-que-não-é-um-usuário! Você vai encontrar um caminho... você sempre encontra!

— Você não entende, Artífice! Essa foi minha última chance! Tenho que enfrentar Herobrine na batalha e sei que não posso derrotá-lo. Este livro deveria me dizer como o enfrentar, mas não me informou nada! O que vou fazer agora? Ele está se aproximando, posso sentir, vindo atrás de mim. E sabe o que eu tenho para detê-lo? NADA!

Artífice ficou em silêncio. Gameknight se sentiu mal por ter gritado com o amigo, mas estava tão frustrado e irritado que não sabia o que fazer. Enquanto remava para a margem, tentou imaginar-se derrotando Herobrine. Mas, em sua fantasia, só conseguia se ver deitado no chão e Herobrine de pé em cima dele, com um sorriso malicioso no rosto cúbico.

CAPÍTULO 23

OS QUATRO CAVALEIROS DO APOCALIPSE

Enquanto Gameknight desembarcava e chegava à costa, podia sentir que algo não ia bem. Tudo estava estranhamente silencioso. Ele não via movimento algum, nem de NPCs, nem de animais. Ao observar os currais dos rebanhos, Gameknight999 notou que todos os porcos e vacas olhavam na direção da floresta. Os animais estavam imóveis, perfeitamente estáticos, como se algum predador terrível estivesse esperando por eles, e qualquer movimento fosse despertar sua atenção... e sua ira.

— Vamos! — sussurrou Gameknight para os outros.

Ele sacou a espada e correu para a vila. No meio do caminho, olhou para a torre de vigia. Não havia ninguém de guarda... como era possível? Correu ainda mais rápido e seguiu até a construção de seixos, mas, antes de chegar à estrutura, ouviu uma risada maníaca ecoando da floresta ali perto. O Usuário-que-não-é--um-usuário foi na direção da casa de Padeiro, que era a mais próxima, encostou-se no muro e acenou para

235

que os outros lhe dessem cobertura. Artífice e Talhador logo se puseram a seu lado. Gameknight foi até a beirada da estrutura de madeira e espiou com cuidado atrás da quina em direção à orla de árvores.

A distância, no lado direito, teve a impressão de avistar uma figura em pé sobre uma colina gramada, vigiando. Parecia um zumbi, mas como seria possível? Era dia! Novamente, o zumbi distante parecia ter alguma coisa desenhada no peito. Um campo de lavandas, dessa vez, com fileiras de girassóis amarelos adornando os braços e grama verde pintada nas pernas.

Como é possível... um zumbi pintado... em plena luz do dia!?

Aquilo o lembrava alguma coisa, mas ele não sabia exatamente o quê. No entanto, aquela criatura pintada não era a fonte da risada maligna; a risada viera da orla de árvores ali perto, não da colina gramada. Ainda assim, ele foi tomado pela sensação de que já conhecia o zumbi. Enquanto vasculhava sua memória, uma figura surgiu das sombras da floresta, diante dele. Pela cor de sua bata, parecia ser um lenhador, mas aqueles olhos brilhantes diziam a Gameknight que ele estava enganado.

Era Herobrine.

Uma onda gélida de medo percorreu seu corpo, levando embora o último vestígio de coragem.

— Então, Usuário-que-não-é-um-usuário, finalmente nos encontramos de novo! — Gameknight sacou a espada de ferro com a mão esquerda e tentou prontificar-se para a batalha. Ele sentia o Livro da Sabedoria em seu inventário, cujas páginas brilhantes ainda zombavam dele com sua própria imagem. Atrás de si, ouvia o resto dos NPCs se aproximando do esconderijo.

—Ele sabe que estamos aqui! — comentou Gameknight para Artífice.

—Então, não há razão para se esconder — respondeu o jovem NPC.

Sacando a espada de diamante com a mão direita, Gameknight saiu de trás da casa de Padeiro e encarou o monstro; os outros NPCs enfileirados atrás dele, e Talhador a seu lado.

—Ah... vejo que trouxe seu exército — zombou Herobrine. — O que você tem aí 15 aldeões? Nossa... estou morrendo de medo! Bem, deixe eu mostrar quem eu trouxe comigo.

Herobrine se moveu como um raio e moldou quatro portais com obsidiana. Cada círculo escuro de pedra continha um campo amarelo-claro em seu interior.

Do primeiro portal saiu um rei dos esqueletos montado num cavalo-esqueleto. Aquela criatura ossuda era o maior monstro que Gameknight já vira. Tanto cavaleiro quanto montaria haviam sido pintados em um tom pálido de branco, como se tivessem passado anos sob o sol do deserto. Gameknight observava suas costelas curvadas sobressaindo-se das espinhas pontudas, e seus braços e pernas que retiniam enquanto avançavam. Sobre o crânio cúbico do cavaleiro, havia um capacete de metal brilhante que parecia ser feito de ossos de ouro. O capacete em volta da cabeça do monstro o impedia de explodir em chamas sob a exposição aos letais raios solares. Em sua mão, levava um arco que parecia feito dos ossos de uma criatura morta havia muitos e muitos anos, com uma flecha gigantesca encaixada à corda. O rei dos esqueletos, cujos olhos cintilavam em vermelho-sangue, olhou para Gameknight999 com profundo ódio por sua mera existência.

Do segundo portal veio um blaze gigantesco em um cavalo composto de varas incandescentes e chamas. O calor da dupla chamuscava a grama sob seus pés, carbonizando-a imediatamente e transformando as folhas até então verdes em fogo. As varas incandescentes giravam rapidamente através do centro do monstro, cujo corpo flamejante de alguma maneira as mantinha unidas. As que compunham o cavalo, no entanto, não giravam. Em vez disso, as fumegantes varas incandescentes compunham os ossos da criatura, tornando-o muito parecido com o do cavalo-esqueleto, apesar de seu corpo e sua pele serem feitos de chamas. O mais inquietante, contudo, eram os olhos do rei dos blazes; que encaravam o Usuário-que-não--é-um-usuário. Em vez de serem negros, pareciam carvões em brasa, ardendo em um tom vermelho faminto, raivoso.

Do terceiro portal saiu Xa-Tul, o rei dos zumbis. Vinha montado em um cavalo-zumbi cujos olhos latejavam de ódio, assim como os do cavaleiro. O olhar de Xa-Tul era o mesmo do encontro no deserto, embora dessa vez ele usasse sua coroa de garras. A montaria tinha a aparência de uma criatura zumbi, com retalhos de pele apodrecida dependurados ao longo do corpo, ossos visíveis através das partes em decomposição. Quando Xa-Tul se deparou com o Usuário-que-

-não-é-um-usuário, desembainhou a espada de ouro maciço, depois sorriu com deboche e o fitou cheio de ódio em seus olhos vermelhos e brilhantes.

—Estes são meus três cavaleiros — disse Herobrine. — Creio que você já tenha conhecido Xa-Tul, mas deixe-me apresentar Ceifador, rei dos esqueletos, e Caríbdis, o rei dos blazes. Acima de tudo, porém, quero que conheça meu quarto cavaleiro.

Do quarto portal saiu um cavalo preto coberto por partículas roxas de teleporte. Sentado na montaria escura, um enderman muito maior do que qualquer outro já visto por Gameknight.

Como é possível?, Gameknight lamentou. Os braços da criatura negra tremulavam com força, e suas pernas pareciam fortes como ferro. Estava montado no terrível ender-cavalo e olhava para Gameknight e os aldeões com uma arrogância odiosa, como se os NPCs diante desse monstro fossem demasiado insignificantes para viver.

Não... não é possível!, pensou Gameknight. A pele do enderman se destacava em comparação à da montaria. A do ender-cavalo era escura como breu, como a de todos os endermen... à exceção de um. Gameknight divisava partículas de teleporte dançando sobre a carne do cavalo; era provável que bastasse apenas um pensamento para que ele desaparecesse. Mas o cavaleiro...

Não pode ser... eu o matei na escadaria da Fonte!

O cavaleiro estava envolto numa tonalidade vermelho-escura... cor de sangue coagulado. Seus olhos brilhavam em um maligno tom sanguinolento que petrificava a coragem de Gameknight.

Será que ele... voltou do mundo dos mortos? Será mesmo Érebo?

O medo percorria sua espinha enquanto ele pensava em todas as batalhas que travara com aquela criatura.

— Deixe-me apresentar o novo rei endermen, Feyd — declarou Herobrine. — Estes são os quatro Cavaleiros do Apocalipse, e eles vieram aqui para trazer a desgraça a Minecraft.

Como vou enfrentar os quatro e depois Herobrine?, pensou Gameknight.

Herobrine ergueu a mão e estalou os dedos. O som ecoou pela paisagem como um martelo batendo em uma barra de aço quente. De pronto, monstros jorraram dos portais e se reuniram atrás de seus respectivos reis.

Uma tropa ardente de blazes acompanhava Caríbdis; seus corpos flamejantes enchiam o ar de cinza e fumaça. Muitas árvores da floresta se incendiaram ao toque dos monstros de fogo, mas, naquele momento, ninguém se importava. Atrás de Feyd marchavam centenas de endermen, cada um deles com olhos repletos de ódio contra os NPCs da Superfície e corpos cobertos por uma névoa de minúsculas partículas roxas de teleporte. No entanto, o mais chocante eram os zumbis e esqueletos em plena luz do dia. Eles usavam capacetes de couro para se proteger dos ardentes raios solares. As tropas cresciam à medida que monstros verdes saíam dos portais, rosnando e gemendo, e ruidosos esqueletos brancos se empurravam para ficar atrás de seu líder.

Havia ao menos dois mil monstros perante Gameknight, a maior aglomeração na história de Minecraft. Ao olhar para trás, Gameknight viu quinze NPCs, todos com armas em punho e um esmagador olhar de medo nos rostos cúbicos.

— Preparem-se para conhecer o seu fim! — declarou Herobrine com a mão erguida, pronta para sinalizar o início do combate.

CAPÍTULO 24
DUAS VOZES DE CORAGEM

Pouco antes que Herobrine pudesse mexer o braço, um estrondo ecoou pelo chão. Grandes trechos de areia estavam desmoronando, revelando amplos degraus que conduziam ao profundo subsolo. Enquanto a paisagem se transformava, uma exclamação alta e raivosa soou.

— POR MINECRAFT! — bradou o grito de guerra. Centenas de NPCs surgiram da escada, formando um paredão de corpos entre o Usuário-que-não-é-um-usuário e Herobrine. Gameknight avistou Escavador à frente da tropa enquanto Monet e Costureira corriam para a torre de vigia, com os arcos encantados nas mãos.

NPCs de toda a Minecraft deviam ter vindo para a vila. Os cavaleiros de Ferreiro provavelmente tinham encontrado recrutas para ajudar na defesa de Minecraft, e, pela quantidade, todos haviam respondido ao chamado para a batalha. Gameknight viu aldeões de todas as profissões dispostos a lutar contra a horda de monstros que queria destruir Minecraft.

— Ooooh... que impressionante! — exclamou Herobrine. — Mas onde estão suas muralhas, Gameknight999? Você parece gostar de se esconder atrás de muralhas. Tudo o que vejo são buracos no chão. Espero que não pense que seremos burros a ponto de cair neles... — Herobrine riu, levando todo o exército de monstros a cair na gargalhada. — Se esta ralé de NPCs é tudo o que você tem para nos enfrentar, a batalha vai realmente ser rápida.

O maligno artífice de sombras ergueu a mão e se preparou para autorizar o ataque. Antes que pudesse emitir o comando, porém, o som alto de um estalo ecoou pela paisagem. De repente, um usuário solitário apareceu ao longe, à esquerda da vila; um brilhoso filamento de servidor se estendia dele para o céu, com o nome Shawny flutuando sobre a cabeça.

Todos os NPCs imediatamente soltaram as armas e se deram as mãos à altura do peito. Isso fez os monstros rirem ainda mais.

— Shawny... o que você tá fazendo? — gritou Gameknight.

— Espere e verá! — respondeu ele.

— Mas você não pode...

— Espere só! — repetiu.

Subitamente, seiscentos usuários apareceram ao seu redor com armaduras de diamantes e armas encantadas. Eles logo começaram a construir canhões de TNT, enquanto os arqueiros e espadachins assumiam posições defensivas em torno da artilharia.

— Ha, ha, ha! — riu Herobrine. — Seus NPCs são tão tolinhos. Você pode ter usuários ou NPCs a seu lado, mas não pode ter os dois ao mesmo tempo. Você perdeu, Gameknight999, mesmo antes de a batalha começar! — O Usuário-que-não-é-um-usuário sabia que os NPCs queriam ajudar, pegar as armas e lutar, mas, se fizessem isso, seriam excomungados das vilas... se tornariam Perdidos. Jamais pediria a alguém que fizesse um sacrifício daqueles, mas, sem eles, Herobrine estava certo. Sem os NPCs, não teriam chance alguma de ganhar.

— Seus próprios NPCs o abandonaram, Gameknight999! — gritou Herobrine com um estranho sorriso no rosto. — Isso é melhor do que eu esperava. O sentimento de rejeição deve ser terrível... Fantástico! Olha só pra eles... Os NPCs covardemente te abandonaram na primeira oportunidade. Não são uma comunidade; são covardes sem coração. Ha, ha, ha!

De repente, alguém estava perto de Gameknight, cutucando-o. Ao olhar para baixo, ele encontrou Tampador a fitá-lo e Enchedora logo atrás.

— Tudo bem, crianças, não é culpa de vocês — argumentou Gameknight. — Herobrine tem razão; vocês não podem me ajudar. Estou sozinho nessa, e por conta própria.

Os gêmeos se entreolharam e franziram a testa, depois olharam para seu amigo. Gameknight podia perceber a luta interna que estavam travando, mas sabia que eles não podiam ajudar. Teriam de desistir de tudo, e ele não faria um pedido daqueles. Avançando, ele se acotovelou entre os corpos rijos dos NPCs e se colocou à frente da multidão.

— Deixe os NPCs fora disso, Herobrine! Deixe-os em paz! — afirmou Gameknight.

— Ah, claro, vou deixá-los em paz — respondeu Herobrine — Se você entrar no Portal de Luz!

— NUNCA!

— Seus amigos o abandonaram, e tudo o que você tem é um agrupamento patético de usuários! — declarou Herobrine. — Em breve, você estará totalmente sozinho!

— Não, não estará! — guinchou uma voz atrás dos NPCs.

— É isso aí! — disse outra.

Atravessando a multidão de NPCs imóveis, vinham Tampador e Enchedora, cada um deles segurando espadas de madeira de brinquedo.

— Não estamos nem aí se a gente virar os Perdidos — explicou Enchedora, repleta de confiança e força. — Família não se abandona!

— É isso aí! — gritou Tampador com uma voz jovem e estridente.

Isso fez os monstros rirem ainda mais, porém as gargalhadas cessaram quando Caçadora deu um passo à frente com o arco nas mãos e a flecha encaixada na corda.

— Acho que estou com eles — afirmou ela.

— Eu também! — disse Escavador, ficando ao lado de seus filhos.

— Eu também!

— Eu também!

Em uma avalanche de coragem desencadeada por duas pequenas vozes, todo o exército NPC se abaixou e pegou as armas. Eles bateram as espadas e arcos contra o peito encouraçado, criando um som trovejante que ecoou por toda a região.

Gameknight olhou ao redor para seus amigos... sua família... e sentiu um orgulho indizível. Eles eram de fato uma comunidade: os olhares corajosos em seus rostos diziam ao Usuário-que-não-é-um-usuário que a batalha ainda não estava perdida.

— Que assim seja! — vociferou Herobrine.

Ele ergueu a mão novamente e a abaixou.

— *ATACAR!* — ordenou em um estrondo.

E um dilúvio de ódio e violência correu solto quando a Batalha Final por Minecraft finalmente começou.

CAPÍTULO 25

O TROVÃO PINTADO

s monstros correram em direção aos NPCs, enchendo o ar com seus rosnados, mas antes que conseguissem alcançar os defensores, Escavador se adiantou. Ele deu meia-volta e olhou para uma pequena estrutura com grossas paredes de seixos e barras de ferro ao longo de todas as janelas. Gameknight percebeu que havia um NPC diante de uma parede de botões e alavancas dentro da pequena construção. E imediatamente entendeu o que era.

— Redstone 1! — gritou Escavador.

O NPC na sala de controle moveu uma alavanca. Logo se ouviu o som dos pistões enquanto buracos apareciam no chão. Cubos de TNT cintilantes surgiram no alto, lançados pelos pistões de blocos de slime. Os cubos vermelhos e brancos explodiam quando se tornavam um só bloco no ar, atacando os monstros, porém deixando o mecanismo ileso. Mais buracos apareceram no chão enquanto os cubos de TNT saltavam ao vento, minando o HP dos corpos dos monstros. Era como assistir a uma pipoqueira destrutiva em ação. Os cubos irrompiam do solo e detonavam ao longo de toda a extensão do campo de batalha, aparecendo onde eles menos esperavam. Os mecanismos então se reiniciavam e lançavam outro bloco explosivo no ar.

O Usuário-que-não-é-um-usuário se virou e olhou para Shawny. Ao vê-lo sorrir, entendeu que ele fora o dono da ideia; Gameknight bem sabia que a engenhosidade de seu amigo viria a calhar.

Contudo, os monstros não se intimidaram. Atacaram os cubos cintilantes sem nem perceber que as bombas estavam lá, tamanha a superioridade da tropa em números.

— Redstone 2... agora! — ordenou Escavador.

Mais pistões ribombaram conforme mecanismos subterrâneos moviam-se e deslocavam-se. De repente, pistões empilhados ergueram um muro rochoso com três blocos de altura, diante dos monstros. Enquanto eles se chocavam contra a barricada, alguns NPCs rapidamente construíram degraus para chegar ao topo do muro e derramaram uma chuva letal de flechas sobre o ataque das criaturas atacantes.

Os monstros retaliaram. Blazes atiraram bolas da morte flamejantes contra as sentinelas no muro rochoso, forçando-as a se afastar da fortificação. Endermen se teleportaram para a frente e tentaram remover blocos subterrâneos que apoiavam os circuitos de redstone, mas o muro continuava em pé. Zumbis atacaram os muros e começaram a escalar sobre os próprios camaradas, subindo em seus corpos cintilantes para ter acesso ao topo do muro. Guerreiros tentaram ficar em cima da barreira e golpear os monstros em decomposição, mas os blazes causavam danos terríveis a qualquer um que chegasse ao topo das muralhas.

Os usuários dispararam seus canhões de TNT contra a massa de blazes, mas rapidamente receberam uma resposta ardente. Já preparados, os guerreiros guardaram seus arcos e espadas e sacaram bolas de neve. Correram para a frente, atirando as esferas geladas contra as criaturas flamejantes. As bolas apagaram muitos monstros, mas eram numerosos demais para o ataque surtir efeito. Avançando, os usuários se chocaram contra as fileiras de blazes enquanto os canhões de TNT apontavam seu hálito quente contra os esqueletos.

Sobre um bloco de terra, Gameknight assistia à batalha e percebia que estavam em evidente minoria. Trocavam um defensor por cada monstro, uma vida por outra... era uma batalha fadada ao fracasso. Precisavam de mais guerreiros, mas... de onde viriam?

Em seguida, pelo canto do olho, viu aquele solitário zumbi pintado novamente; seu peito de flores roxas destacado no verde montículo acidentado em que se encontrava. De repente, viu dois zumbis pintados, ambos com capacetes de couro, e depois outro, e mais outro. Rugindo, centenas de zumbis vieram correndo sobre a colina, indo direto para a batalha.

Mas, para sua surpresa, Gameknight observou Monet113 se apressar em direção às criaturas. Não levava nenhuma arma em suas mãos... Na verdade, seus braços estavam bem abertos, prontos para abraçar um deles.

Ele pulou o muro e correu para alcançar a irmã. Mas, enquanto corria, Gameknight a viu ser abraçada por um dos zumbis.

Ela está sendo atacada?, questionou-se Gameknight. *Preciso ir logo... não posso deixar que nada aconteça com ela!*

Ele então encontrou o primeiro dos zumbis pintados e, preparando suas armas para a batalha, parou para se defender. Porém, em vez de atacar, os monstros passaram correndo por ele e se dirigiram aos endermen, que tinham acabado de entrar na batalha. Confuso, Gameknight continuou a correr em direção à sua irmã, desviando-se dos zumbis pintados no meio do caminho. Quando a alcançou, descobriu que Monet estava chorando, assim como a zumbi.

O que está acontecendo?

— Gameknight, você se lembra de Ba-Jin, não é? — perguntou Monet.

Ele olhou confuso para a irmã.

— Lembra... lá da Vila Zumbi? — acrescentou.

Gameknight999 olhou para a zumbi e viu uma enorme flor roxa pintada em sua camisa e pontos coloridos ao longo de seus braços e pernas... e então se lembrou dela. Monet tinha ensinado aquela zumbi a pintar e se expressar; fora a mesma que, com seus amigos coloridos, tinha enfrentado Xa-Tul e se recusado a matar por matar. Fora aquela a criatura em quem Monet tinha plantado a semente do amor próprio e do orgulho, da recusa a seguir ordens cegamente, a de pôr o clã acima do individual. Fora ali onde problema começara a fermentar na Vila Zumbi, atingindo aquele exército de monstros pintados; um grupo violento de criaturas maléficas que agora haviam se transformado em uma afetuosa comunidade. Aquela zumbi era a prova viva da influência que Monet exercera sobre as pessoas a seu redor; sua forma alegre e colorida de ver a vida havia infectado a criança verde.

— Gameknight999, ah... eu... mal podia esperar para encontrar você de novo — afirmou Ba-Jin.

— O que está acontecendo? — perguntou Gameknight enquanto dava meia-volta e olhava para a batalha.

Os zumbis pintados travavam uma luta contra os endermen, impedindo as criaturas magricelas de atacar os NPCs.

— Os Zumbis Libertos, como nos chamamos, vieram aqui para ajudar — afirmou Ba-Jin. — Chegou a hora de a violência acabar e todos viverem unidos e em paz.

— É isso aí! — acrescentou Monet.

De repente, o chão estremeceu quando um estrondo se espalhou pelo ar. O barulho foi tão alto que eles usaram suas mãos cúbicas para cobrir as orelhas. Gameknight olhou em direção à fonte do ruído e viu as árvores da floresta tremerem e caírem, como se algum tipo de besta gigantesca estivesse atravessando o matagal, arrancando as bétulas como se fossem palitos. Em seguida, ecoou um som de metal sendo esmagado, e o Usuário-que-não-é-um-usuário entendeu o que estava causando toda a comoção.

Um paredão prateado de braços e pernas saiu de dentro da floresta. Seus olhos escuros fitavam os monstros diante deles, e os peitos cobertos por videiras reluziam forte sob a luz do sol. Eram golens de ferro — centenas — e à frente deles havia um gigante de metal cuja cabeça estava cingida com uma coroa de videiras: o rei dos golens.

Gameknight correu para o lado do rei.

— Obrigado por terem vindo! — agradeceu ele. — Acho que, sem vocês, teríamos perdido a batalha. Agora, com vocês aqui, ainda podemos virar o jogo.

— Eu não vim aqui por você, Usuário-que-não-é-um-usuário — respondeu o rei dos golens. — Eu vim por eles.

A criatura metálica apontou para os aldeões que lutavam atrás da parede rochosa.

— Nós protegemos os NPCs sempre que possível — prosseguiu o gigante de metal. — Não nos importamos com a sua luta contra o vírus. Estamos aqui pelos aldeões e só.

— Bem — respondeu Gameknight —, apenas estou feliz por estarem aqui.

A onda de ferro passou pesadamente pelo Usuário-que-não-é-um-usuário e se chocou contra a horda de monstros. Jogando os braços para o alto rapidamente, os golens atiraram as criaturas pelo céu azul, e os corpos delas piscavam um clarão vermelho quando caíam ao chão. Os golens eram como um enorme colosso de punhos e pés atravessando a multidão de zumbis que tentavam escalar o muro de defesa. Ao verem a massa metálica e irada se aproximar, os zumbis bateram em retirada, correndo de volta para o seu líder, Xa-Tul.

Com os golens, os zumbis pintados, os usuários e os NPCs, eles talvez tivessem alguma chance de derrotar o exército de monstros. Mas, ao observar o campo de batalha, Gameknight se deu conta de que muitas criaturas morreriam em ambos os lados das linhas de combate... e aquilo não era nada bom.

Deve ter algum jeito de parar com toda essa violência, mas... como?

De súbito, Monet113 gritou.

Gameknight se virou e encontrou Herobrine ao lado de sua irmã, com a mão maligna sobre o ombro dela. Antes que Gameknight pudesse se mover, o vil artífice de sombras desapareceu, levando Monet consigo. Ele viu Herobrine materializar-se por trás de todas as tropas dele, ao lado do novo rei dos endermen, Feyd. Herobrine enfiou Monet nos braços da criatura vermelho-escura, desapareceu e então reapareceu na copa da árvore mais alta da orla. Com as mãos em concha ao redor da boca para projetar a própria voz, ele soltou um grito horripilante que trespassou o som da batalha e fez todos os combatentes pararem. A luta cessou por um breve instante, o que permitiu aos quatro cavaleiros trovejar comandos, levando o exército de monstros a recuar e voltar para a orla de árvores, reagrupando-se atrás de seus líderes.

Os zumbis pintados, sem saber o que fazer, voltaram para perto de sua líder, Ba-Jin, enquanto os golens de ferro ficaram parados e miraram Herobrine com um ódio vil em seus olhos escuros. Os usuários, desconfiados de tudo o que os monstros fizessem, voltaram para seus canhões de TNT, reparando-os e recarregando-os conforme necessário.

Gameknight correu de volta para a vila e montou a barricada enquanto os NPCs cuidavam de seus feridos. Do topo do muro, ele observou Herobrine se teleportar de volta para Feyd. Ele tirou Monet das garras geladas do enderman, se teleportou para o centro do campo de batalha com sua prisioneira e sacou a espada.

— Saia e me enfrente: — vociferou Herobrine. — Senão, ela morre!

Herobrine posicionou a espada bem ao lado cabeça de Monet. Seus olhos brilhavam enquanto ele encarava o Usuário-que-não-é-um-usuário.

— Gameknight, você não pode ir — aconselhou a Caçadora. — É uma armadilha, você sabe que é!

— Ela tem razão — acrescentou Artífice. — Você só vai estar jogando o jogo dele.

Gameknight fitou seus amigos, virou-se e olhou novamente para a irmã. Podia ver o terror dela enquanto observava a espada de diamante contra a própria testa.

— Não tenho escolha — concluiu Gameknight. — Ela é minha irmã, minha responsabilidade, e não vou permitir que nada aconteça a ela, se puder impedir.

O Usuário-que-não-é-um-usuário então saltou do muro e foi direto até Herobrine. Ao acessar o inventário, sentiu ali tanto sua arma quanto o Livro da Sabedoria, mas não sabia como qualquer um dos dois seria útil. De alguma maneira, ele teria que enfrentar o artífice de sombras, mesmo que isso significasse a perdição.

CAPÍTULO 26
A BATALHA FINAL

Enquanto Gameknight caminhava em direção a Herobrine, caiu subitamente, batendo com força a cabeça no chão. Algum tempo se passou antes que ele percebesse o que havia ocorrido.

Fui atacado? Herobrine fez alguma coisa? O que está acontecendo?

A confusão foi sumindo aos poucos quando ele percebeu que não estava ferido... apenas chocado e surpreso. Mas, ao se pôr de pé, viu uma figura atarracada correr em direção a Herobrine com uma picareta de ferro nas mãos.

— Você não vai machucar Gameknight999! Eu não vou deixar! — bradou o NPC.

Então Gameknight percebeu quem era... Talhador.

— Nãaaaaao! — gritou Gameknight, mas era tarde demais.

Talhador se atirou contra Herobrine, e o artífice de sombras, em sua bata de lenhador, simplesmente acompanhou com descrença o ataque do NPC. Herobrine caiu no chão e soltou Monet, que tentou correr de volta para o exército NPC. Feyd agiu rapidamente, teleportando-se para ficar à frente dela. O alto enderman a envolveu com seus braços pegajosos e então se teleportou novamente para o exército de monstros, com sua cativa bem presa.

Imobilizado pelo pânico, tudo o que Gameknight podia fazer era assistir e rezar.

— Então, você quer medir sua força contra o grande Herobrine! — exclamou o maligno artífice de sombras. — Como quiser!

Herobrine atacou o NPC com sua espada de diamante ávida por carne. Mas Talhador foi mais rápido do que o outro esperava. Ele deu um passo para o lado, fazendo a lâmina afiada passar de raspão por seu ombro, depois girou e golpeou as costas do Criador com sua poderosa picareta. Herobrine piscou em um clarão vermelho, e um olhar de surpresa surgiu em seu rosto vil. Ele se virou e atacou Talhador mais uma vez, avançando frontalmente contra o NPC, mas, enquanto alcançava seu adversário, desapareceu e materializou-se atrás dele. Herobrine dilacerou o HP do NPC com sua espada, cortando a armadura e rasgando a carne.

Talhador gritou e, em seguida, atirou-se contra o adversário, brandindo a picareta com toda a força. Herobrine esquivou-se, teleportou-se para um lado desprotegido e golpeou a pele exposta do inimigo. Enquanto Talhador gritava de dor, piscou várias e várias vezes em um clarão vermelho.

Girando para enfrentar o ataque, o NPC não encontrou ninguém do outro lado. Herobrine havia se teleportado mais uma vez. Talhador olhou para os dois lados, preparou sua picareta, e então viu Gameknight999 de relance, lentamente se pondo de pé. O

Usuário-que-não-é-um-usuário começou a correr ao encontro de seu amigo.

— Desculpe! Eu não consegui pará-lo! — Talhador gritou para o Usuário-que-não-é-um-usuário. — Eu falhei!

— Não, você não falhou — berrou Gameknight. — Agora fuja!

Talhador negou com a cabeça, recusando-se a desistir, e então rodopiou no instante que a espada de Herobrine caiu sobre ele, consumindo o que restava de seu HP. Enquanto Herobrine ria, Talhador desapareceu em um estalo, deixando seus itens caídos no chão. Três bolas brilhantes de XP oscilavam perto de sua picareta. Herobrine acompanhou a aproximação do Usuário-que-não-é-um-usuário e sorriu. O XP flutuou para o corpo de Herobrine, cuja aparência já não era a de um lenhador desconhecido, mas a do amigo de Gameknight, Talhador.

— NÃÃÃO! — gritou o Usuário-que-não-é-um-usuário enquanto chegava perto de seu inimigo.

— Olá, Gameknight999 — disse Herobrine, usando a voz grave do Talhador. — Gostou do meu novo visual?

— Eu odeio você! — vociferou Gameknight.

— Ah, não! Ficou com raivinha? — zombou o artífice de sombras.

Gameknight encarou o monstro diante dele. Parecia idêntico a Talhador, com seu corpo troncudo, o cabelo escuro salpicado de fios brancos e as inúmeras cicatrizes em seus braços e mãos.

Como vou lutar contra meu amigo?, pensou Gameknight.

Ele era a réplica perfeita de seu amigo, exceto por uma coisa... os olhos. Ainda tinham o brilho maligno de Herobrine, e era nisso em que Gameknight precisava se concentrar... nos olhos.

— O que houve, Gameknight? Você parece um pouco pálido — provocou Herobrine. — Talvez eu devesse construir outra muralha e deixar todos os meus amigos e familiares perecerem novamente.

— Cale a boca! — gritou Gameknight. — Deixe as memórias dele em paz!

— Isso é realmente maravilhoso! Posso torturá-lo usando o corpo do seu amigo! — Herobrine sorriu. — Se você ao menos pudesse sentir a presença dele aqui! — Herobrine apontou para a cabeça com seu dedo cúbico. — Qual o nome dele? Ah, sim, Talhador! Se você pudesse sentir o tormento que ele está sentindo por não ter conseguido proteger você... É delicioso!

Gameknight gritou e atacou o inimigo com a espada de diamante na mão direita e a de ferro na esquerda. Eles se enfrentaram no centro do campo de batalha como dois titãs, cujas espadas criavam uma chuva de faíscas ao se encontrarem.

Girando para o lado, Gameknight golpeou as pernas de Herobrine com a espada de ferro enquanto o apunhalava com a lâmina de diamante... mas Herobrine não estava lá. Rolando pelo chão, Gameknight por pouco evitou o ataque do adversário enquanto a espada de diamante do Criador passava perto de sua orelha.

Ele sabia que não resistiria se batesse de frente com Herobrine... Precisava de ajuda. Viu um jovem e esguio NPC na muralha fortificada, cujo cabelo escuro estava emplastado de suor. Ele deu um passo para trás e gritou para o garoto.

— Pastor... AGORA!

O NPC anuiu e desapareceu. Em segundos, uivos e rosnados encheram o ar enquanto cem lobos saltavam o muro de defesa e corriam direto para Herobrine.

— Era este o seu plano? — perguntou o artífice de sombras. — Atiçar um bando de cachorros para me atacar? Ha, ha, ha!

Herobrine riu ao sacar um ovo marrom claro, cuja superfície era coberta de manchas escuras da mesma cor. Ele o jogou no chão, e um coelho apareceu do nada, um coelhinho preto e branco que saltitava alegremente. Herobrine sacou mais ovos de invocação e atirou vários e vários no chão, até que estivesse coberto com as criaturas felpudas.

Quando os lobos se aproximavam, distraíam-se por completo de sua tarefa, perseguindo os coelhos em vez de atacar Herobrine.

— Vejam, tolos, os lobos não têm escolha a não ser perseguir coelhos! — explicou Herobrine. — Sua amiguinha, a Oráculo, os criou com esse defeito. Ela era tão descuidada quanto fraca. Quando a destruí, ela implorou por sua vida de joelhos, como um de seus patéticos animaizinhos de estimação.

— Isso não é verdade! — gritou Gameknight, enquanto atacava novamente.

Sua espada de diamante atingiu Herobrine, mas o artífice de sombras desapareceu. Instintivamente, Gameknight colocou a espada de ferro sobre as costas, o que bloqueou um ataque que teria causado algum dano. O garoto então girou e atacou o monstro, tentando atingir Herobrine antes que desaparecesse, mas ele era rápido demais.

A dor atravessou o braço de Gameknight quando a lâmina de diamante encontrou carne. Ele sentiu seu HP cair.

Gameknight virou-se e atacou, golpeando o inimigo. Herobrine ergueu a lâmina de diamante e bloqueou a investida, mas não foi rápido o suficiente para deter a espada de ferro. O metal encontrou as costelas do artífice de sombras, fazendo-o piscar em um clarão vermelho.

Herobrine gritou, mais de frustração do que de dor, enquanto se teleportava a quatro blocos de distância. Seus olhos agora brilhavam com uma intensidade que fez Gameknight desviar o olhar.

— Estou farto de jogar com você, Usuário-que-não-é-um-usuário! — vociferou Herobrine, enfurecido. — Está na hora de mostrar o que eu realmente posso fazer!

Herobrine investiu contra Gameknight999 e o atingiu com sua lâmina. O artífice de sombras a brandia agora mais rápido do que nunca. Recuando, Gameknight bloqueou o avanço e tentou usar sua outra espada para contra-atacar, mas ainda assim o artífice de sombras era rápido demais.

De repente, Herobrine desapareceu, materializou-se ao lado de Gameknight e o apunhalou. Depois desapareceu novamente, então reapareceu e golpeou seu ombro com a espada. Isso ocorreu repetidas vezes. Em um único segundo, Herobrine atacava em lugares que pareciam múltiplos. Gameknight tentava bloquear os golpes, mas eles vinham de todas as direções; ele não conseguia estar em toda parte ao mesmo tempo.

A dor percorria seu corpo conforme os ferimentos iam se acumulando. Ao erguer a espada para bloquear um ataque, Gameknight viu seu braço piscar num clarão vermelho, pois a lâmina de Herobrine cortara-lhe as costas, destruindo sua última armadura de diamante. O revestimento protetor caía no chão enquanto Gameknight era tomado pela dor e pelo medo, Herobrine continuando a atacar e golpeando-o até que quase não lhe restasse nenhum HP. Quando as pernas do Usuário-que-não-é-um-usuário fraquejaram, ele caiu no chão, e Herobrine ficou de pé sobre ele.

Alguns dos itens em seu inventário se espalharam. Bem a seu lado, ele viu o Livro da Sabedoria no chão, aberto. A página espelhada estava à sua frente... seu próprio reflexo zombava dele.

O desespero o dominou.

Será este o fim?, perguntou-se Gameknight. *Será este o fim da minha vida?*

Ele sabia que o digitalizador ainda estava queimado, mas, mesmo se não estivesse, ele não iria utilizá-lo, pois isso soltaria Herobrine no mundo físico. Gameknight999 jamais faria isso, em hipótese alguma.

— Bem, você parece estar em uma situação difícil — zombou Herobrine enquanto olhava para ele com olhos brilhantes.

Mirando a muralha fortificada e os NPCs, Gameknight avistou Pastor de pé sobre a barricada; o rosto magro do jovem exibia um olhar de pânico e medo. Naquele momento, uma calma compreensão se apossou de sua mente: era aquele o instante... a hora de agir e usar o que a Oráculo lhe dera... ele sabia! Enquanto tentava abrir o inventário para tirar a arma, ouviu o volume da música de Minecraft aumentar cada vez mais.

— Você não vai conseguir ajudá-lo com sua música lamentável, Oráculo! — vociferou Herobrine, erguendo a espada. — Ele é meu!

Gameknight sacou o ovo rosado, cujas manchas rosa-escuras quase brilhavam de expectativa. Com toda a sua força, ele o atirou contra seu inimigo. Dando um rápido passo para trás, Herobrine observou o ovo cair no chão e se abrir, empunhando a espada a postos. Mas o que saiu espantou os dois. Um porco... um porquinho inofensivo, provavelmente a menor e mais insignificante das criaturas.

É isso que vai derrotar Herobrine?, refletiu Gameknight.

O maligno artífice de sombras gargalhou ao ver a esperança de Gameknight cair por terra. Herobrine se aproximou do porco e ergueu a espada, pronto para destruir a criatura inocente. Mas, em vez disso, abaixou a arma, pegou o porquinho insignificante e o atirou o mais longe possível, mandando-o pelos ares como um míssil cor-de-rosa. Ao cair no chão, o porco piscou em um clarão vermelho e desapareceu. No local onde aterrissara restaram apenas pedaços de carne e três bolas de XP.

Um porco... como um porco seria útil?

Gameknight quis gritar com Oráculo por aquela traição, mas, antes que ele pudesse se mexer, Herobrine já estava à sua frente outra vez, com um sorriso maligno no rosto. Naquele instante, Gameknight999 soube que seu fim estava próximo.

CAPÍTULO 27
MONET113

— hegou a hora de você escolher — disse Herobrine, com uma voz lenta e metódica. — Entrar no Portal de Luz ou... morrer!

Gameknight ergueu o olhar para o monstro vil, mas estava tomado pela sensação de derrota. Ele não tinha sido inteligente, forte nem bom o suficiente para vencer Herobrine. O gosto amargo do fracasso preenchia todo o seu ser enquanto ele fitava o inimigo. Contudo, ainda havia uma coisa que poderia fazer.

— Eu nunca vou ajudá-lo a escapar desses servidores! — declarou Gameknight, tentando fazer sua voz soar forte, embora desafinasse de medo. — Eu preferia morrer a usar o Portal e deixá-lo entrar no mundo físico!

— Como queira — disse Herobrine, dando um suspiro.

O artífice de sombras olhou para Monet113 e sorriu antes de se virar para fitar Gameknight999.

— Eu preferia que você fosse o instrumento para me soltar no mundo, mas não importa. — Herobrine olhou para Monet novamente. — Tenho certeza de que a menininha será menos teimosa.

Gameknight riu.

— Você nem imagina! — afirmou ele, com um sorriso.

— Adeus, Gameknight999! — exclamou Herobrine, erguendo a espada.

Nesse instante, uma onda de garrafas de vidro voou pelo ar, algumas na direção de Gameknight999, outras na de Feyd. O Usuário-que-não-é-um-usuário virou a cabeça e viu que Shawny havia construído uma alta torre de madeira e posicionado uma fileira de ejetores no topo. Era possível ver redstone piscando no alto da torre, acionando os ejetores para dispararem munições o mais rápido possível.

As garrafas começaram a cair no chão perto dos arqui-inimigos, seu líquido vermelho espirrando sobre ambos. Gameknight, porém, ignorava a poção curativa que revestia seu corpo. Em vez disso, assistia às garrafas de líquido azul caírem em meio ao mar de endermen. As criaturas sombrias imediatamente começaram a chiar e esfumaçar conforme a água dentro dos frascos respingava sobre as peles pegajosas. O líquido pulverizado sobre Feyd o fez libertar sua prisioneira.

Assim que o rei dos endermen a largou, Monet113 fugiu em direção ao irmão. Enquanto corria, sacou seu arco e disparou contra Herobrine. De costas para ela, o artífice de sombras não viu os disparos até a primeira flecha ser em seu ombro. Assim que Herobrine se virou para identificar o agressor, Gameknight rolou de lado e lhe deu um pontapé no estômago, fazendo-o voar para trás.

Com a mente dominada pela ira, Gameknight se levantou e enfrentou seu inimigo. Monet correu para o lado do irmão e sacou a própria espada.

— Talvez eu possa ajudar — disse ela, mas Gameknight não ouviu. Estava tomado pela raiva; não de Herobrine, mas de Oráculo.

Você disse que o Livro da Sabedoria ia me mostrar onde encontrar sabedoria e coragem para enfrentar Herobrine, mas ele só me mostrou a mim mesmo!

De repente, imagens de aventuras passadas relampejaram em sua cabeça: salvando Monet da vila zumbi, derrotando a aranha-rainha, escapando da armadilha de Herobrine no Templo da Selva, eludindo Xa-Tul na aldeia deserta, derrotando o Guardião Ancião... todas aquelas coisas exigiram coragem e sabedoria. E Gameknight tinha encontrado esses traços dentro de si mesmo... eles estavam lá desde o começo. *Ele era capaz!*

No entanto, algo dito pelo Guardião Ancião ecoou em sua mente.

Às vezes, a lição é a jornada, não o destino.

Derrotar o Guardião não fora o mais importante no Monumento Oceânico, e sim descobrir como derrotá-lo com a ajuda de seus amigos. A verdadeira lição era a de que trabalhar em conjunto com os outros torna a pessoa mais forte do que ela própria, sozinha... e era aquele o segredo de que ele precisava.

— CAÇADORA, DISPARE FLECHAS AO REDOR DA GENTE! — gritou Gameknight. — TODOS OS ARQUEI-

ROS, DISPAREM AO NOSSO REDOR... MANTENHAM HEROBRINE PERTO DE NÓS!

Subitamente, o ar ganhou vida com as hastes pontiagudas à medida que flechas caíam do céu. Isso obrigou Herobrine a limitar seu teleporte a uma área próxima dos irmãos.

Gameknight se aproximou de Monet, mas em vez de atacar Herobrine, concentrou-se em defender a si mesmo e à irmã. Ao perceber isso, Monet partiu imediatamente para o ataque. Quando Herobrine se moveu para bloquear a investida da garota, Gameknight atacou a armadura do artífice de sombras com sua lâmina, rachando-a.

Juntos, os dois repeliram os ataques de Herobrine, mas o artífice de sombras ainda assim era muito rápido e estava danificando tanto Gameknight quanto a irmã. Enquanto os dois se protegiam mutuamente, o Usuário-que-não-é-um-usuário viu que três bolas de XP continuavam brilhando no local onde o porco caíra... e começou a rir.

Descobrira a arma secreta de Oráculo, aquele porco-ovo-de-invocação... e era brilhante!

— PASTOR... PRECISO DE VOCÊ! — berrou Gameknight.

— Não tenho mais lobos! — gritou o menino de cima da muralha.

— Lobos não... porcos! — respondeu Gameknight. — Ataque com porcos!

Ele ouviu a balbúrdia na muralha da vila, mas sabia que o Pastor não o questionaria; apenas seguiria as ordens.

De repente, o grunhido de cinquenta porcos encheu o ar. Gameknight desviou de um dos ataques de Herobrine e ousou espiar. Pastor investia adiante, montado em um porco selado, levando uma longa vara de pesca à sua frente com uma cenoura pendurada na ponta da linha, para fazer o porco correr. Atrás dele, um enorme aglomerado de suínos seguia de perto, todos atrás do esquivo legume.

À medida que Pastor se aproximava, começou a atirar as cenouras em Herobrine, e legumes alaranjados choveram sobre ele. Gameknight ouviu uivos de risada vindos da aldeia conforme os porcos avançavam, tentando pegar as cenouras. Com os porcos no meio do caminho, Herobrine tinha dificuldades para atacar Gameknight e Monet; estava se frustrando.

— Talhador, se puder me ouvir... preciso de você! — gritou Gameknight para Herobrine.

O vil artífice de sombras deu meia-volta para enfrentar Gameknight999 e começou a dizer algo, mas vacilou, com os olhos perdendo um pouco do brilho. Então Herobrine parou de lutar... e ficou apenas imóvel. O Usuário-que-não-é-um-usuário percebeu que Herobrine travava algum tipo de batalha interna, pois seus olhos brilhavam com força, depois se apagavam e então brilhavam novamente. Por fim, a luz interna da presença maligna de Herobrine se desvaneceu, e seus olhos se tornaram cinza como pedras.

— Talhador, ataque os porcos, rápido!

Talhador olhou confuso para Gameknight.

— APENAS ATAQUE!

Talhador ergueu a espada e atacou um porco com a lâmina de Herobrine. O animal guinchou, mas não foi rápido o suficiente para escapar do segundo golpe e desapareceu com um estalo quando seu HP foi consumido, deixando para trás costeletas e três bolinhas brilhantes de XP.

Subitamente, os olhos de Talhador começaram a brilhar enquanto Herobrine reassumia o controle do corpo... mas era tarde demais. As esferas de XP seguiam em direção ao artífice de sombras. Gameknight atravessou a multidão de porcos, ficou atrás de Herobrine e lhe deu um empurrão, impelindo-o para as bolas de XP.

O maligno artífice de sombras começou a gritar conforme o XP fluía para dentro de seu corpo.

— *NÃAAAAO!* — gritou Herobrine à medida que seu corpo começava a mudar, transformando-se no XP de sua última vítima. Desta vez não era um NPC, porém, mas a mais humilde e insignificante das criaturas...

Um porco.

Herobrine soltou a espada enquanto caía no chão, de quatro.

— Não... não... nãaaao! — gritou o maligno artífice de sombras. — Alguém me ajude!

Mas, enquanto berrava, sua voz se tornava cada vez mais aguda e estridente, até se parecer com o grunhido de um...

Seu corpo encolhia à medida que a bata cinza de Talhador assumia um tom róseo suave. Braços e pernas musculosos se encurtaram, tornando-se os membros grossos de um porquinho. Sua cabeça encolhia, virando um pequeno cubo rosado.

E, então, estava feito... Herobrine fora preso dentro do corpo de um porco.

Antes que ele conseguisse se mexer, Escavador já colocava blocos de pedregulho em torno do porco. Os olhos do animal brilharam, cheios de um ódio venenoso contra Gameknight999, mas Escavador os ignorou e se concentrou no cercamento. Em segundos, o porco estava completamente cercado por pedras.

Herobrine fora capturado.

CAPÍTULO 18
CONSENSO

A captura de Herobrine causou pânico entre os monstros. Zumbis soltavam gemidos de dor enquanto os esqueletos retiniam com nervosismo.

As chamas dos blazes cintilavam debilmente enquanto seu penoso resfolegar ficava cada vez mais alto. As únicas criaturas que pareciam impassíveis eram os endermen, cujas formas sombrias miravam o cercamento de pedra cheias de ódio.

Naquele momento, os zumbis pintados caminharam novamente até o campo de batalha e ficaram ao redor de Gameknight, Escavador e Monet. Eles encararam os outros monstros com fúria, enquanto os golens de ferro avançavam a fim de mostrar apoio, fazendo o chão tremer com suas formas desengonçadas.

Enquanto os usuários se aproximavam dos golens de ferro, Ba-Jin se adiantou e encarou os quatro cavaleiros. Gameknight examinou o grupo de usuários, tentando encontrar Shawny. Viu Honey-Don't e Zefos, que ainda seguravam as próprias armas e pareciam ter uma determinação sinistra pintada nos rostos cúbicos. Perto de Gameknight estava Lowpixel, o grande cartógrafo; seu velho amigo, AttackMoose52; e Disko42, o mestre em redstone. Viu amigos que tinham estado lá, nos degraus da Fonte, durante a batalha anterior... e agora cá estavam mais uma vez. Sentiu-se verdadeiramente abençoado por ter todos aqueles companheiros. Quem diria que Gameknight999, certa vez o autoproclamado rei dos trolls, teria tantos usuários dispostos a ajudá-lo? Ele estava comovido e prestes a dizer algo, mas de repente uma voz jovem interrompeu o desconfortável silêncio.

— Herobrine usou vocês para que pudesse escapar de Minecraft! — gritou Ba-Jin para os monstros que estavam na sua frente. — Ele não ia mudar nada nesse mundo. — Ela apontou para o céu. — O sol continuaria a arder, e nós ainda teríamos que ficar próximos de nossas fontes de HP. Tudo teria permanecido o mesmo, exceto pelas vidas que seriam perdidas nessa batalha.

Ela avançou para ficar mais próxima de Xa-Tul do que de seus próprios combatentes. Gameknight correu e se postou a seu lado, com as duas espadas desembainhadas.

— Continuar essa batalha não é bom para ninguém — disse ela ao rei dos zumbis antes de dar meia-volta e dirigiu-se a todos os monstros. — Vão para casa cuidar de seus filhos. Cuidem de suas comunidades e fiquem em paz. A Batalha Final acabou. — Ela olhou ao redor e viu itens espalhados por todo o campo de batalha. Bolas de XP de mortos flutuavam no ar. — Ninguém saiu vitorioso aqui. Todos nós perdemos. Vejam quantos seres foram exterminados por causa do ódio insano de Herobrine.

Ba-Jin lentamente ergueu a mão para o alto, com as garras bem abertas, e gritou em voz alta e estridente:

— Por aqueles que morreram pelo clã, a saudação do sacrifício é dada!

Muitos dos zumbis atrás de Xa-Tul fitaram a jovem e, em seguida, olharam para o outro lado do campo de batalha, para todos os itens e pedaços de carne de zumbi. Lentamente, mãos verdes de zumbi começaram a brotar do mar de corpos em decomposição, com os dedos cheios de garras bem abertos.

Ao verem isso, muitos NPCs também levantaram as mãos bem abertas.

Então os zumbis inclinaram a cabeça para trás e, como se fossem um só, soltaram um gemido tão doloroso que os olhos de Gameknight se encheram de lágrimas. Ao observar o exército de zumbis, ele pôde perceber que muitos dos monstros decrépitos também estavam chorando por amigos e familiares que haviam morrido. Ele virou-se para olhar os NPCs e viu emoções semelhantes em seus rostos.

— Pelo bem do clã! — gritou um dos zumbis, mas desta vez sua voz não encontrou eco. Nada do que ocorrera naquele dia fora para o bem do clã, mas apenas para o bem de Herobrine, e agora todos conseguiam perceber aquilo.

Conforme os zumbis lentamente abaixavam as mãos, passavam a olhar com descrença para o campo de batalha ao redor. E, então, ergueram os olhos para seu rei. Gameknight percebeu que eles odiavam Xa-Tul por ter lhes trazido até ali e deixado todos aqueles companheiros morrerem por nada. Alguns dos monstros apodrecidos quebraram a formação e atravessaram o portal, deixando o campo de batalha.

— NÃO! — rosnou Xa-Tul. — A guerra ainda não acabou!

Ba-Jin então deu um passo à frente e encarou o rei dos zumbis face a face, desafiando-o. Gameknight logo se postou atrás dela.

— Acabou! — contestou a jovem zumbi, que então deu as costas para o rei dos zumbis e os outros cavaleiros, mostrando seu destemor.

— NÃO! — gritou Xa-Tul, mas nenhum dos zumbis lhe deu ouvidos.

Tal exibição de bravura desencadeou algo que os zumbis não sentiam fazia muito tempo: respeito. Eles abandonaram a batalha e começaram a atravessar o portal em pares... depois em grupos... depois em massa, entrando no caminho cintilante que os conduziria de volta às suas respectivas vilas.

Os esqueletos viram inúmeros ossos brancos espalhados por todo o campo de batalha. Havia tantos que não conseguiam sequer contá-los. Muitos grunhiram perguntas a seu líder, mas Ceifador, ignorando as reclamações, esbravejou ordens.

— Preparem-se para atacar! — esbravejou o rei dos esqueletos em voz rouca e estrondosa. — Lutaremos até o fim!

Os monstros esqueléticos ergueram o olhar cheio de ódio para seu rei e então seguiram o exemplo dos zumbis. Ao atravessarem o portal amarelo-claro em grandes grupos, os esqueletos ignoraram o olhar fulminante de Ceifador, abandonando a Batalha Final.

Assim que os monstros do Mundo da Superfície deixaram o campo de batalha, os blazes compreenderam que o equilíbrio de poder havia se alterado de modo significativo. Eles estavam agora em número absolutamente menor e não tinham vontade alguma de enfrentar os usuários e suas bolas de neve, confrontando ao mesmo tempo os golens de ferro. Ignoraram os comandos guturais de Caríbdis e também atravessaram o próprio portal, voltando para o maravilhosamente quente e nebuloso Nether.

Os últimos a sair foram os endermen. Seus olhares odiosos estavam concentrados no Usuário-que--não-é-um-usuário, que, porém, não os fitou de volta. Na verdade, todos tiveram o cuidado de não olhar os monstros escuros de volta, pois isso poderia enfurecê-los; e os monstros negros só eram capazes de lutar se algo os enfurecesse... quando deixados em paz, não entravam em combate. Eram programados daquela forma.

Cientes de que não havia nenhuma batalha para eles, os endermen usaram seus poderes de teleporte e desapareceram, voltando para casa, o Fim. Em segundos, tudo o que restava do exército enderman era uma nuvem de partículas roxas.

Em questão de minutos, devido à bravura de Ba--Jin, tudo o que sobrava do exército gigantesco de Herobrine eram os quatro cavaleiros — o apocalipse que buscaram trazer a Minecraft havia se transformado em paz. As quatro criações malévolas fitaram Gameknight999, mas ele não se retraiu. Em vez disso, encarou-os de volta, sem medo, pois agora sabia o segredo para realizar grandes feitos e assumir responsabilidades impossíveis: deixar aqueles à sua volta ajudarem, pois ninguém está realmente sozinho.

— Seus exércitos os abandonaram! — afirmou Gameknight. — Seu líder, Herobrine, mentiu para vocês e foi derrotado. Agora vocês têm duas opções: ir embora, neste instante e para sempre, ou lutar contra todos nós e ser destruídos.

Caríbdis não pensou duas vezes. Puxou as rédeas de seu cavalo flamejante e cavalgou até seu portal, voltando para o Nether. Ceifador fez o mesmo, guiando seu cavalo através do portal amarelo-claro, em retorno à sua vila esqueleto.

Restaram apenas Xa-Tul e Feyd.

Gameknight deu um passo para a frente e encarou o rei dos zumbis.

— Como vai ser, zumbi? — perguntou o Usuário-que-não-é-um-usuário. — Você vai embora ou dançaremos outra vez?

De súbito, um usuário chamado Sky se aproximou, com AntPoison em seu encalço. Suas espadas de diamante brilhavam ao sol, refletindo feixes de luz aos pés de Xa-Tul.

O rei dos zumbis rosnou e então guiou sua montaria até o portal. Mas, antes de atravessar, o monstro virou a enorme cabeça e fitou o Usuário-que-não-é-um-usuário pela última vez, cheio de ódio e sede de vingança.

—Xa-Tul e Gameknight999 vão se encontrar de novo! — grunhiu a criatura, atravessando em seguida o portal com seu cavalo-zumbi e desaparecendo.

—Agora só falta você, enderman — afirmou Gameknight.

—Você matou meu antecessor, Érebo, e agora sua presença em Minecraft insulta todos os endermen! — berrou Feyd com uma voz estridente. — Isso não acabou, Usuário-que-não-é-um-usuário! Sua hora vai chegar! — O rei dos endermen então apontou seu escuro braço comprido a todos os usuários e NPCs. — Todos vocês vão lamentar o dia em que mexeram com Feyd, rei dos endermen. Nós vamos nos vingar, e então todos vocês vão sofrer!

Um dos usuários, chamado GeneralSprinkles, riu, e os outros fizeram o mesmo, zombando do discurso estridente do monstro. Com os olhos cintilando em vermelho, Feyd olhou para Sprinkles e desapareceu, deixando para trás uma nuvem de partículas roxas de teleporte que logo evaporaram.

Outro usuário, Mumbo, correu e rapidamente quebrou um bloco em cada um dos portais, fazendo os campos cintilantes dentro dos círculos de obsidiana escurecerem e sumirem. O usuário deu meia-volta e acenou para Gameknight999, depois desapareceu enquanto se desconectava do servidor, e os outros usuários imitaram o gesto.

O Usuário-que-não-é-um-usuário soltou suspiros de alívio, baixou os olhos para Ba-Jin e encontrou a zumbi a fitá-lo, sorrindo. Gameknight ficou maravilhado com sua coragem e sabedoria. Ela tinha virado o jogo e cessado toda a matança com sua tenacidade e a recusa à violência... Notável! E a semente que causara essa mudança na jovem zumbi havia vindo de uma flor delicada, pintada em sua camisa. A irmã de Gameknight acendera esse fogo com a centelha de sua arte e do amor pela beleza em todas as suas formas. Monet tinha verdadeiramente causado abalos na vila zumbi, pois suas ações haviam modificado toda a espécie.

De repente, os braços de Monet envolveram o peito de Gameknight, apertando-o com força.

—Eu sabia que você conseguiria! — comentou com entusiasmo, limpando as lágrimas de suas bochechas.

—Não fui eu... fomos nós! Todos nós! — respondeu Gameknight enquanto gesticulava para os NPCs, zumbis pintados e golens de ferro. — Isso é o que Oráculo estava tentando me ensinar! Sozinhos somos fracos, mas juntos somos fortes!

Oráculo parece ser uma pessoa sábia. Uma linha de texto surgiu na mente dele.

Shawny, é você?, pensou Gameknight. Suas palavras apareciam na janela de bate-papo.

Não: sou eu, seu pai.

—Pai? — disse Gameknight em voz alta.

—PAI?! — gritou Monet. — Ele voltou?

Gameknight assentiu.

O que você está fazendo no chat?, perguntou ele.

Vim para casa mais cedo e encontrei Shawny no porão, explicou o pai. *Shawny me contou sobre o digitalizador, e eu o consertei. Estou decepcionado que tenham mexido nele.*

Não foi minha culpa; foi da Jenny!, explicou Gameknight. *Eu só estava fazendo o que você me disse para fazer... cuidando da minha irmã.*

Bem, isso nós vamos discutir quando vocês chegarem em casa. Estão prontos?

Espere só um pouquinho, tá bom? Tem umas coisas que preciso fazer primeiro, explicou Gameknight.

O pai ficou em silêncio e depois respondeu.

Tudo bem.

— Legal! — exclamou Gameknight.

Os outros o observaram confusos, mas ele não se importava.

Gameknight se aproximou do rei dos golens. O poderoso gigante o fitou com seus olhos escuros, a carranca raivosa em seu rosto de ferro.

— Obrigado mais uma vez! — agradeceu Gameknight, curvando a cabeça. — Os golens de ferro ajudaram a salvar Minecraft novamente. Todos saberão de sua coragem e força!

— Estamos sempre aqui para proteger os aldeões — falou o gigante de metal, que, em seguida, virou-se para conduzir os outros golens de volta à floresta. Lentamente, o estrondo ribombante dos seus pés metálicos desapareceu.

Gameknight se voltou para os zumbis pintados e viu Ba-Jin sendo felicitada por seus colegas monstros. Ali perto, avistou Caçadora próxima de Artífice, examinando cautelosamente as criaturas verdes. Gameknight se aproximou dela, pegou sua mão e a puxou para perto de Ba-Jin.

— Ba-Jin, obrigado por sua ajuda — agradeceu Gameknight. — Mas os desafios ainda não acabaram.

Precisamos encontrar uma maneira de fazer NPCs e zumbis viverem em paz.

Ba-Jin ergueu os olhos e encontrou os da Caçadora.

— Você fez a Saudação aos Mortos? — perguntou Caçadora, surpresa.

— Nós a chamamos de Saudação de Sacrifício — respondeu Ba-Jin.

— Ninguém de nosso povo deve se sacrificar ou morrer em nome do ódio — disse uma voz ao fundo.

Gameknight se virou e viu Costureira se aproximar, abrindo caminho entre usuários e zumbis.

— Há muito em comum entre nossos povos — afirmou Costureira, e sua voz ecoava forte. — No entanto, precisamos aprender mais um sobre o outro para que possamos encontrar mais pontos em comum. Não temos que estar sempre nos matando... podemos viver em paz.

Caçadora olhou para Ba-Jin e examinou todo o exército de zumbis pintados. Encarando Ba-Jin novamente, ela assentiu, e seus cachos carmesins balançaram como molas. Ba-Jin estendeu a mão cheia de garras, tocou o cabelo vermelho da Caçadora e sorriu.

— Seu cabelo é lindo — comentou a jovem zumbi, enquanto suas garras escuras acariciavam os cachos reluzentes da Caçadora. — Vou fazer uma pintura dele quando voltar para nossa vila.

— Talvez um dia eu possa vê-la — respondeu a Caçadora.

Ba-Jin sorriu, concordando.

— Está na hora de a gente voltar para casa — disse a zumbi, enquanto se virava para Monet113. — Vamos nos ver de novo?

— Com certeza! — respondeu Monet.

Ba-Jin sorriu novamente, mostrando seus dentes afiados e pontiagudos. Ela ergueu a mão acima da cabeça e guiou o exército de zumbis pintados de volta para a floresta, em direção às cavernas que conduziam a seu portal.

Ao se afastar dos zumbis coloridos, Gameknight encontrou Artífice e Escavador bem na sua frente.

— Eu sabia que o Usuário-que-não-é-um-usuário não nos deixaria na mão! — exclamou Artífice em voz alta.

Aplausos eufóricos vieram dos NPCs, que saíam de trás da muralha defensiva; muitos segurando um bloco de pedra ou terra. Eles foram até o cubo de pedregulho que prendia Herobrine e colocaram os blocos sobre a prisão, pois todos queriam contribuir para o encarceramento.

— O que vamos fazer com ele? — perguntou Gameknight, apontando para a pilha de blocos cada vez maior.

— Todos os anos faremos uma celebração nesta vila — explicou Artífice. — NPCs virão de todos os cantos para colocar um bloco sobre a tumba do malévolo Herobrine, e todos vão ajudar a mantê-lo preso aqui, nesse corpo de porco, para sempre.

Gameknight se aproximou do monte que já tinha quatro blocos de altura e repousou a mão sobre a pedra fria. Pensou em Talhador e no sacrifício que fizera para protegê-lo. Provavelmente, se não fosse pela força do NPC atarracado que estava preso na mente do maligno artífice de sombras, Herobrine o teria derrotado. Talhador finalmente havia protegido aqueles que contavam com ele. Na verdade, ele tinha protegido todos.

— Não vou esquecer você, Talhador — disse Gameknight para a pilha de pedras, antes de se virar e olhar para a irmã. — Certo, Jenny. Está na hora de irmos para casa.

CAPÍTULO 29

VOLTANDO PARA CASA

ameknight passou um braço ao redor de Monet113 e lhe deu um abraço.

— Acredite se quiser, mas estou feliz por ter vindo atrás de você em Minecraft — afirmou Gameknight999. — Se não tivéssemos feito isso, não sei o que teria acontecido.

— Herobrine provavelmente teria dominado Minecraft e nos destruído — explicou Artífice. — Precisávamos do símbolo do Usuário-que-não-é-um-usuário para nos unir e lutar contra seus planos nefastos.

— E se Monet113 não tivesse vindo a Minecraft, os zumbis pintados não teriam ajudado — acrescentou Costureira. — Sua arte permitiu que NPCs e zumbis trabalhassem juntos pela primeira vez... e talvez isso traga uma paz duradoura entre nossos povos.

— Assim espero — respondeu Monet113. — Mas, da próxima vez, eu vou...

De repente, um círculo de luz envolveu Monet113. A intensidade dele fez Gameknight ter a sensação de que estava olhando diretamente para o sol, forçando-o a recuar e desviar o olhar. Quando o brilho diminuiu, ela havia sumido.

Pai, está tudo bem com ela?

Não poderia estar melhor, seu pai respondeu. *Agora é sua vez!*

Gameknight olhou para os amigos e sentiu pequenas lágrimas cúbicas escorrerem pelo rosto. Estava muito triste. Esses eram seus amigos — sua família —, e ele odiava ter que deixá-los. Mas sabia que pertencia ao mundo físico, e era lá onde morava sua família verdadeira... seu lar. Ele precisava ir embora.

— Vou sentir saudades de todos vocês — declarou Gameknight, cuja voz vacilava com a emoção. — Mas eu voltarei... e vou demorar menos do que da última vez.

— Promete? — perguntou Costureira, fazendo cara feia.

Gameknight confirmou, abrindo um sorriso no rosto da jovem NPC. Costureira correu na direção dele e lhe deu um abraço apertado, de esmagar os ossos, e depois recuou, limpando as lágrimas dos olhos. De repente, dois corpos se jogaram contra Gameknight, atirando-o ao chão. Ao erguer o olhar, ele viu Tampador e Enchedora abraçando-o com toda a força que tinham nos bracinhos curtos.

— Você não pode ir embora! — exclamou Tampador.

— É isso aí, você tem de ficar! — acrescentou Enchedora, com os olhos cheios de lágrimas.

— Desculpem, crianças, mas meu mundo fica do outro lado, no mundo físico. Mas eu volto para fazer uma visita. Prometo.

— Promete? De verdade? — perguntou a menina. Gameknight fez que sim com a cabeça enquanto se punha de pé e ajudava os gêmeos a se levantarem.

— Eu volto! — avisou o Usuário-que-não-é-um--usuário. — Afinal, alguém tem que manter vocês longe de confusão, e, como eu sou o maior quebra-regras de Minecraft, sei exatamente o que vocês estão planejando.

Os gêmeos deram risadinhas e em seguida correram para seu pai, Escavador, que se aproximava. O grande NPC caminhou até Gameknight999 e colocou a mão musculosa em seu ombro.

— Nós começamos como inimigos, Gameknight999 — disse Escavador, fazendo Gameknight baixar a cabeça. Escavador estendeu a mão e ergueu seu queixo para o ver de frente. — Mas agora somos como irmãos... somos uma família... E família sempre cuida um do outro, certo?

— Certo — concordou Gameknight.

Ele deu meia-volta e ficou de frente para Caçadora. Havia lágrimas nos olhos dela, e isso o fez sorrir.

— Não enche! — protestou Caçadora enquanto enxugava as bochechas.

— Espero que você tenha encontrado a paz, Caçadora — afirmou ele.

Ela olhou para Gameknight, sorriu e assentiu.

— Talvez — respondeu. — Esses zumbis novos... talvez haja coisas em comum entre eles e nós... Não acho que precisem ser exterminados. Talvez eu possa deixar de lado a necessidade de vingança e apenas viver minha vida.

Gameknight sorriu e concordou, fazendo-a sorrir de volta.

O Usuário-que-não-é-um-usuário então se virou para seu melhor amigo em Minecraft, Artífice.

— Você vai ficar bem? — perguntou Gameknight.

— Acho que sim — respondeu Artífice. — Levaremos a rede de carrinhos de mineração de volta à nossa vila. Pode demorar um pouco, mas, como os exércitos de monstros não estão nos perseguindo, não precisamos voltar para casa com pressa... o que é bom, para variar.

O jovem NPC colocou a mão sobre o ombro de Gameknight, que ergueu seus grandes olhos azuis para ele.

— Fique em paz, Usuário-que-não-é-um usuário.

— Você também, Artífice — respondeu Gameknight.

Um morno fulgor começou a cercá-lo, fazendo Artífice recuar e acenar, o que levou todos os NPCs a acenar e dizer adeus. À medida que o brilho crescia, Gameknight pôde ouvir a música de Minecraft construir-se em sua mente. De repente, a voz anciã da Oráculo surgiu.

Leve o que aprendeu aqui em Minecraft para o mundo físico, disse a Oráculo, enquanto a música ficava mais intensa. *Você cresceu bastante, mas ainda tem muito a aprender!*

Obrigada por tudo, Oráculo!, pensou Gameknight. *Levarei comigo as suas lições.*

Isso é tudo o que espero, respondeu ela.

Enquanto a música de Minecraft aumentava cada vez mais, Oráculo deixou a Gameknight999 uma última mensagem, e as palavras ecoaram na mente do jovem enquanto ele desaparecia de Minecraft:

Imagine o que você pode alcançar... e então alcance!

Este livro foi composto na tipologia ITC Bookman Std,
em corpo 11/15,5, e impresso em papel off-white,
no Sistema Cameron da Divisão Gráfica
da Distribuidora Record.